Stefan Karch

W0384595

Robin und Scarlet

Next generation

Die Nacht der Eule

G&G

www.ggverlag.at

ISBN 978-3-7074-1673-2

In der aktuell gültigen Rechtschreibung

1. Auflage 2014

Lektorat: Karin Ballauff
Umschlagillustration/Umschlaggestaltung: Martin Weinknecht
Gesamtherstellung: Imprint, Ljubljana

© 2014 G&G Verlagsgesellschaft mbH, Wien
Alle Rechte vorbehalten. Jede Art der Vervielfältigung, auch die des auszugsweisen Nachdrucks, der fotomechanischen Wiedergabe sowie der Einspeicherung und Verarbeitung in elektronische Systeme, gesetzlich verboten. Aus Umweltschutzgründen wurde dieses Buch auf chlorfrei gebleichtem Papier gedruckt.

Inhalt

Lady Blue

Die alte Dame kichert. Sie spitzt ihre rot geschminkten Lippen.
„Einmal habe ich mich geirrt, gewaltig geirrt", gesteht sie.
Sie beugt sich ein wenig vor und sieht das Mädchen über ihren Schreibtisch hinweg aus kleinen wässrigen Augen durchdringend an.
„Ich stand vor einem der Regale dort und schob die Buchrücken ordentlich zusammen. Plötzlich nahm ich aus den Augenwinkeln einen Schatten wahr."
Sie schnalzt leise mit der Zunge und schüttelt den Kopf. Anstatt fortzufahren, nimmt sie die Teetasse, die vor ihr steht, in die Hand.
Scarlet wartet geduldig.
Lady Blue, wie Scarlet die alte Dame nennt, ist die einzige Angestellte in der Bibliothek. Sie riecht ein bisschen nach Talkumpuder und spreizt ihren kleinen Finger ab, wenn sie eine Tasse in der Hand hält.
Lady Blue nippt an ihrem Tee und lächelt Scarlet an.
„Und was war dann?", fordert Scarlet sie auf, weiterzuerzählen.
Die Lady nimmt noch einen kleinen Schluck und wedelt mit der Hand.
„Ist der heiß!", stößt sie hervor.
„Wo war ich stehen geblieben?", erkundigt sie sich dann. Sie starrt das Mädchen an und tippt sich auf die Stirn. „Der Schatten", beantwortet sie sich selbst die Frage. „Genau.

Blitzschnell fuhr ich herum. Wie in Zeitlupe nahm ich jede Einzelheit wahr. Ein Mann mit Bart stand vor der Tür, die Hand schon an der Schnalle, entschlossen, die Tür zu öffnen, was ich natürlich keinesfalls zulassen durfte."

Lady Blue kommt jetzt hinter ihrem Schreibtisch hervor und stellt sich vor Scarlet hin. Sie streicht sich den Rock glatt und legt das Ende eines bunten Schals über ihre Schulter. Ihre Füße stecken in Turnschuhen, sie steht in aufrechter Haltung fest am Boden, so wie Scarlet es selbst auch gelernt hat.

Ein Sonnenstrahl, der durchs Fenster fällt, streift das weiße flaumige Haar der alten Frau und lässt sie für einen Moment gespenstisch aussehen.

„Ich war geladen, so geladen wie ein Reanimiereisen", nimmt sie den Faden wieder auf. „Und der Zauber, den ich gewirkt habe, war gewaltig. Der Mann wurde nicht nur aus seinen Schuhen, sondern auch gleich aus den Socken gerissen und durch den Gang geschleudert. Er krachte mit voller Wucht in dieses Regal." Sie zeigt auf eine der Stellagen. „Hunderte Bücher und mehrere Holzbretter haben den armen Kerl unter sich begraben. Dabei war er nur auf der Suche nach einer Toilette, wie sich später herausstellte."

Lady Blue drückt ihre Handflächen gegeneinander, es sieht aus, als würde sie in Zeitlupe klatschen.

Dann schüttelt sie bedächtig den Kopf.

„Ich sollte diesen Job endlich aufgeben. Ich bin zu alt dafür", beteuert sie.

Scarlet will sofort protestieren, doch die Lady berührt sanft ihren Arm.

„Du bist doch nicht wegen der Geschichten einer alten Frau hier, oder?“, meint sie lächelnd. „Also komm, gehen wir.“
In dem Moment betritt jemand die Bibliothek. Lady Blue hält kurz inne und murmelt dann: „Ist nur Kundschaft.“
Sie führt Scarlet durch einen Korridor zwischen zwei Bücherregalen. Vor einer schmalen Tür am Ende des Korridors bleibt sie stehen.
„Nur für Personal“, steht auf einem Zettel, der mit Klebeband an der Tür befestigt ist. Die Lady öffnet sie und schiebt Scarlet an sich vorbei durch die Tür. Eine nackte Glühbirne baumelt von der Decke herab. Sie geht von alleine an und taucht die Kammer in ein mattes Licht.
„Ach, beinahe hätte ich es vergessen. Du wirst oben erwartet“, teilt die Lady Scarlet noch mit und schließt die Tür von außen.

Im Büro der Wächter

Scarlet ist alleine. Erleichtert amtet sie auf. Gleichzeitig spürt sie ein nervöses Kribbeln, das sie immer überkommt, wenn sie diesen Raum betritt.

Es riecht nach Putzmittel. In einer Ecke steht ein Kübel. Scarlet drückt auf einen unscheinbaren Knopf an der Wand. Daraufhin schiebt sich die Wand zur Seite und gibt die Tür zu einem Lift dahinter frei.

Der Lift ist ein geheimer Zugang zu den Büros der Wächter, die sich in den Stockwerken darüber befinden.

Als Scarlet die Lifttür aufzieht, erstrahlt ein grelles weißes Licht. Sie steigt ein. Mit einem Ruck setzt sich der Lift in Bewegung.

Gleichzeitig beginnen Scarlets Gedanken zu rattern. Warum müssen ihr die Leute immer alles Mögliche erzählen? Unlängst hat sie eine Lehrerin auf der Straße getroffen, die ihr über eine Stunde lang Geschichten erzählt hat. Und warum, fragt sich Scarlet, kommt sie selbst immer wieder hierher?

Scarlet denkt an die Wächter und Wächterinnen, die dort oben arbeiten. Wie gelangen sie in ihre Büros? Bestimmt nicht durch die städtische Bibliothek und eine Kammer, in der Putzmittel aufbewahrt werden, und dann mit diesem Lift.

Die Wächter und Wächterinnen hüten Geheimnisse, auch wenn sie für andere nicht weiter von Bedeutung sind, wie zum Beispiel das Geheimnis um ihre Existenz.

„Wir sind eine besondere Spezies“, sagen die einen.

„Wir sind nicht außergewöhnlich, wir sind nur Menschen mit außergewöhnlichen Fähigkeiten", sagen die anderen.
Und sie, Scarlet, besitzt ebenfalls außergewöhnliche Fähigkeiten. Sie ist eine von ihnen.
Scarlet war Schülerin in Scorpiohof, einer Schule für junge Magier und Magierinnen, die sogar in den eigenen Reihen durch ihre ungewöhnlichen magischen Talente hervorstechen. Scarlet ist es auch zu verdanken, dass Robin, ein Junge, der von einem Magier in eine Katze verwandelt worden war, seine menschliche Gestalt zurückgewonnen hat. Außerdem klärte sie das mysteriöse Verschwinden mehrerer anderer Jungen auf, alle Söhne hochrangiger Magier. Seitdem schätzt Rubens, der Direktor des Büros der Wächter, sie über alle Maßen.
Der Lift hält und Scarlet steigt aus. Dafür, dass sie nur ein Stockwerk weiter oben ist, hat die Fahrt sehr lange gedauert. Das stellt sie jedoch jedes Mal fest, sie hat inzwischen aufgehört, sich darüber zu wundern.
Auf der Etage über Lady Blues Bibliothek herrscht reges Treiben.
Scarlet versucht, ihre Nervosität zu verbergen, die sie hier meistens sofort erfasst. Sie geht mit ihren dünnen Beinen federnden Schrittes über die knarrenden Holzdielen den Korridor entlang.
Ihre Beine seien zu dünn, finden die Jungen und auch manche Mädchen in ihrer Klasse. Scarlet macht sich nicht viel daraus, sie findet ihre Beine ganz in Ordnung, und außerdem kann sie sowieso nichts daran ändern. Ihre Lippen

sind auffällig rot, wenn auch nicht so grellrot wie die der Lady, doch in Scarlets blassem Gesicht leuchten sie röter als bei den meisten anderen Menschen. Ihre Haare sind wild und wippen mit jedem ihrer Schritte.
Durch milchige Glastüren erkennt sie die Silhouetten von Menschen. Aus einem der Büros kommt gerade ein Mann mit dunklen Locken. Er heißt Leon, Scarlet kennt ihn. Er nickt ihr grüßend zu. Ihm folgt eine Frau mit strengen Gesichtszügen, in ihrem Schlepptau ein kleiner Junge mit Pickeln im Gesicht.
Scarlet wundert sich. Im Büro der Wächter hat sie noch nie zuvor ein Kind gesehen. Alle drei verschwinden rasch in einem der Seitengänge.
Die Wächter und Wächterinnen hier arbeiten in Teams. In ihren Büros stehen moderne Computer, die gigantische Datenmengen verwalten und über die der Zugang zu einer schwindelerregenden Anzahl von Datenbanken gewährleistet ist. Sie bilden die sogenannte Sonderabteilung und arbeiten im Dienste der Gemeinschaft der Menschen mit außergewöhnlichen Fähigkeiten.
Sofern Magier in öffentlichen Angelegenheiten agieren müssen, führen sie ihre Aufgaben mit großer Besonnenheit aus, und sie wahren strengste Diskretion, tunlichst darauf bedacht, kein Aufsehen zu erregen. Gelingt ihnen das jedoch einmal nicht, so kommen die Wächter und Wächterinnen zum Einsatz. Sie rücken aus, um beispielsweise gefährliche Erinnerungen zu löschen, verräterische Spuren zu beseitigen oder fiebernde Hitzköpfe zur Vernunft zu bringen.

Früher bekleideten die Magier hohe Ämter.
Sie bewohnten prunkvolle Häuser und ließen sich in Limousinen herumkutschieren. Sie hüllten sich in lange wallende Mäntel und versuchten, einander mit der Höhe ihrer Zylinderhüte zu übertrumpfen.
Einige von ihnen versuchen das heute immer noch.

Die Besprechung

Die Tür zum Büro des Direktors öffnet sich, noch bevor Scarlet ihre Hand an die Schnalle legen kann.

Ein kleiner Mann tritt heraus in den Korridor. Alles an ihm ist rund – sein Bäuchlein, sein Schädel und die kleine knollenförmige Nase. Er trägt einen Anzug. Seine Schuhe glänzen frisch poliert. Sein Gesicht ist ein wenig zerknittert, als wäre er gerade erst aufgestanden. Für gewöhnlich tragen Magier Brillen, um das übernatürliche Funkeln ihrer Augen zu verbergen. Doch Direktor Rubens trägt keine Brille.

„Schön, dass du gekommen bist, Scarlet", begrüßt er sie. Ein Lächeln huscht über sein Gesicht und verschwindet sofort wieder.

Er wirkt müde und niedergeschlagen, als wäre er mit seinen Gedanken woanders, irgendetwas scheint ihn zu bedrücken. Ob er zufällig aus dem Büro gekommen ist oder ob er gespürt hat, dass ich komme?, überlegt Scarlet. Überwachungskameras gibt es hier nicht, das weiß sie.

„Ich möchte dir jemanden vorstellen", reißt Rubens sie aus ihren Gedanken.

Er führt Scarlet den Korridor entlang zurück und bleibt vor einer der Milchglastüren stehen.

„Ich bitte dich darum, dass du mit jemanden sprichst", erklärt er. Ein wenig zögernd streicht er sich mit der Hand über den Schädel. Wie um Anlauf zu nehmen, tritt er zuerst einen Schritt zurück, dann öffnet er schwungvoll die Tür.

„Bitte sehr", sagt er und lässt Scarlet den Vortritt.

Der Raum, den sie betreten, ist riesig. Es riecht intensiv nach Papier. Doch es handelt sich eher um einen Besprechungsraum als um ein Büro.
Rubens bietet Scarlet einen Platz an einem Holztisch an, der lang wie eine Tafel ist.
Sie warten.
Wann immer sich ihre Blicke zufällig treffen, weicht der Direktor ihr aus.
Leise trommelt er mit seinen Fingerspitzen auf die Tischplatte. Er zieht ein Taschentuch aus der Brusttasche seines Anzugs und tupft sich die Stirn ab. „Es ist heiß hier", murmelt er, steckt das Taschentuch wieder weg und öffnet den obersten Knopf seines Hemdes.
Dann herrscht wieder bedrückendes Schweigen.
Scarlet ist verunsichert. Normalerweise führt sie mit Direktor Rubens angeregte Gespräche. Er erzählt ihr oft von seiner Arbeit. Am liebsten zeigt er ihr Bücher mit Biografien über berühmte Persönlichkeiten und erzählt anschaulich von deren Heldentaten.
Scarlet erwägt kurz, dem Direktor Lady Blues Geschichte zu erzählen, verwirft diesen Gedanken jedoch gleich wieder. Stattdessen lässt sie ihren Blick durch den Raum gleiten. An den holzvertäfelten Wänden stehen Vitrinen und Bücherregale. Es reizt sie, aufzustehen und sich eine der Vitrinen aus der Nähe anzusehen.
Warum ist es Direktor Rubens so wichtig, dass sie mit jemandem spricht? Wer ist dieser Jemand, und was will er von ihr?

Die Stimmung im Raum wird immer beklemmender.
Endlich öffnet sich eine Tür, die Scarlet in der Vertäfelung zuerst gar nicht wahrgenommen hat. Ein Mann tritt ein, gefolgt von drei Jungen. Die Jungen sind groß, schlank, tragen Lederjacken und dunkle Jeans und sind etwas älter als Scarlet. Sie gehen an das andere Ende der Tafel, ziehen geräuschvoll je einen Stuhl hervor und lassen sich wie auf Kommando alle gleichzeitig hineinfallen wie nasse Säcke.
Scarlet bemerkt, dass die Jungen sie mustern. Es ist ihr unangenehm.
Der fremde Mann kommt auf sie zu.
„Barns", stellt er sich vor. Seine fleischigen Lippen öffnen sich zu einem verzerrten Lächeln und geben den Blick auf eine Reihe blitzblanker Zähne frei. Sein pomadendurchtränktes Haar glänzt seidig.
Scarlet macht Anstalten aufzustehen, um ihm die Hand zu reichen, doch der Mann gibt ihr zu verstehen, dass sie sitzen bleiben soll. Mit einem Nicken begrüßt er Direktor Rubens, der seinen Sessel zurückschiebt, offenbar in der Absicht, den Raum zu verlassen.
„Direktor Rubens ...", sagt Scarlet verunsichert. Ihr wird noch unbehaglicher. Doch er wirft ihr nur einen letzten Blick zu und verlässt den Raum.
„Darf ich mich setzen?", erkundigt sich Barns der Form halber mit seinem sperrigen Lächeln. Ohne ihre Antwort abzuwarten, nimmt er Scarlet gegenüber Platz.
Er legt seine Hände auf den Tisch und ermahnt die Jungen, die leise miteinander sprechen, still zu sein. Er nennt sie

beim Namen: Roy, Simon und Jonathan. Scarlet prägt sich, ohne groß darüber nachzudenken, diese Namen sofort ein. Sie ahnt bereits, dass sie von Bedeutung sein werden.

Die Flut der Bilder

„Ich habe schon viel von dir gehört", beginnt Barns und lächelt Scarlet, um Wohlwollen bemüht, an.
Scarlet bemüht sich angestrengt, Ruhe zu bewahren. Doch eine innere Stimme sagt ihr, dass hier etwas nicht in Ordnung ist. Ganz und gar nicht in Ordnung. Der Mann will nur mit mir sprechen, versucht sie sich zu beschwichtigen, doch gleichzeitig ist sie kurz davor, einfach aufzuspringen und hinauszulaufen.
Barns schüttelt den Kopf, als hätte er ihre Gedanken gelesen.
„Entspann dich, Mädchen", fordert er sie auf und lässt die Knochen seiner Finger knacken.
„Ich bin auf der Suche", beginnt er alsdann. „Auf der Suche nach fähigen, jungen Leuten, die mir helfen können." Er zieht seine Augenbrauen in die Höhe und starrt Scarlet an.
„Ihr jungen Menschen seid noch wendig und schlagfertig, eure Gehirne sind unverbraucht, ihr habt eine neue Sicht auf die Dinge. Ihr seid eben noch nicht festgefahren wie wir Alten."
Er grinst.
„Dabei bin ich auf dich gestoßen, Mädchen."
Wieder ein Grinsen.
Scarlet kämpft einen Anflug von Übelkeit nieder. Dieser Mann ist ihr unsympathisch. Er redet selbstgefällig, und er führt irgendetwas im Schilde, das spürt sie deutlich.
„Du warst in Scorpiohof, habe ich gehört", sagt Barns nun. Seine kalten Augen fixieren sie. Scarlet versucht, sich das

Frösteln nicht anmerken zu lassen und seinem Blick standzuhalten.
Behutsam fasst er über den Tisch nach ihren Händen.
„Du musst keine Angst vor mir haben."
Scarlet zuckt zurück und will sich aus seinem Griff befreien. Doch dazu ist es schon zu spät, Barns hält ihre Hände einfach fest. Scarlet hält erschrocken die Luft an, und in dem Augenblick begreift sie, dass sie etwas übersehen hat. Der Schreck darüber, dass er ihre Hände nicht mehr loslässt, hat sie abgelenkt. Deshalb hat sie es verabsäumt, sich zu schützen, obwohl sie längst gespürt hat, dass diese ganze Situation nichts Gutes verheißt.
Barns Stimme ist bereits in ihrem Kopf. Er ist in ihre Gedanken eingedrungen.
Er ermahnt sie, sich zu beruhigen und fordert sie auf, zu kooperieren.
Beruhigen! Scarlet windet sich, sie will sich losreißen und aufstehen. Doch Barns Griff ist eisern. Sie verliert die Kontrolle, und er beginnt auf sie einzuwirken.
Scarlet merkt, dass ihr auf einmal alle Energie abhanden kommt, als würde alles Lebendige aus ihr herausgesaugt. Sie wird immer kraftloser. Ihr Kopf sinkt schwer auf die Brust. Sie kann die Augen kaum noch offen halten, wehrt sich verzweifelt gegen die bleierne Müdigkeit, doch dann schließen sich die Lider wie metallene Schalen über ihren Augen.
Im nächsten Moment stürzt eine Flut von Bildern auf sie herein. Zunächst nur aufdringlich grell und konturlos, nehmen die Bilder nach und nach an Schärfe zu.

Sie sieht Menschen, die ihr im Laufe ihres Lebens begegnet sind. Abraham, ihr Mentor, der ihr Ratschläge erteilt; sie hört seine Stimme und sieht sich plötzlich im Klassenzimmer sitzen. Danach kommt eine Frau mit Händen, dick wie Brotwecken, die Scarlet fest an sich drückt und küsst. Meggie. Sie sieht Robin, er liegt neben ihr. Sie liegen in einer Wiese, hohes Gras schaukelt im Wind. Es duftet nach Meer und nach Sand. Robins Hand liegt auf ihrem Bauch, und es kommt ihr so vor, als würden Ameisen über ihre Haut krabbeln. Er beugt sich über sie, und seine Lippen berühren ihre.

Etwas in ihr lehnt sich auf, will sich den Bildern widersetzen. „Lenke deine Gedanken. Du darfst nicht zulassen, das dich jemand manipuliert“, hört sie plötzlich Abraham sagen. „Konzentriere dich auf etwas, das dir viel bedeutet, mehr als alles andere.“

Scarlet versucht, sich zu konzentrieren. Doch ihre Gedanken kreisen noch schneller und werden zu einem Strudel, der sie immer tiefer in die Flut der Bilder hineinzieht.

Scarlet weiß nicht, wie viel Zeit vergangen ist. Auf einmal ist es ganz still.

Eine Stimme holt sie jäh zurück in den Besprechungsraum, zurück in die Wirklichkeit. Sie öffnet die Augen und ringt nach Luft, wie eine Ertrinkende, die aus der Tiefe des Meeres wieder an der Wasseroberfläche auftaucht..

Direktor Rubens steht vor ihr und hält ihr ein Glas Wasser hin.

„Hast du Durst?“, erkundigt er sich.

Scarlet ballt vor Zorn die Fäuste. Ihre Lippen formen Worte, doch es kommt kein Ton heraus.
Es dauert mehrere Minuten, bis Scarlet sich so weit gefangen hat, dass sie dem Direktor des Büros der Wächter ihre Wut endlich ins Gesicht schleudern kann: „Warum haben Sie das zugelassen? Dieser Barns hat sich Zugang zu meinem Gedächtnis verschafft! Sie hätten mich warnen müssen, das ist nicht fair! Warum sind Sie einfach gegangen?"
Direktor Rubens stellt das Glas auf den Tisch und hebt beschwichtigend die Hände.
„Es war nur ein Test", erklärt er.
„Nur ein Test?", wiederholt Scarlet fassungslos. „Er hätte mich doch einfach fragen können! Ich hätte alles erzählt, was er wissen will."
„Er wollte es sehen", verteidigt sich Rubens. Scarlet stößt ein verächtliches Schnauben aus. Sie will etwas erwidern, doch es fehlen ihr die Worte. Abrupt steht sie auf und verlässt grußlos den Raum.
Wütend und verletzt stürmt sie durch den Korridor. Ihr Wunsch, allem, was auch nur im Ansatz mit ihren magischen Fähigkeiten zu tun hat, den Rücken zuzukehren, ist in letzter Zeit immer größer geworden. Nicht zuletzt deshalb war sie hierhergekommen, um mit jemandem über diesen Wunsch reden zu können.
Barns hat bewirkt, dass ihre Entscheidung nun gefallen ist.

Das alles geschah vor einem Jahr.

Das Waffenrad

Will ist einer der Ersten, die aus dem Schulgebäude kommen. Er holt sein Fahrrad und schiebt es quer über den Schulhof bis zur Straße.

Wills Rad ist ein altes Modell, ein Waffenrad ohne Gangschaltung. Er macht sich nicht die Mühe, es mit einem Schloss zu sichern. Wer würde so ein Rad haben wollen? Wem es vor ihm einmal gehört hat, weiß er nicht. Er hat es eines Tages aus einem Bach geborgen.

Es war wie ein Kampf gegen ein wildes Tier gewesen. Er musste das riesige sperrige Fahrzeug aus dem Bach heraus- und eine Böschung hinaufzerren. Das Gras war glitschig und die Erde weich. Er rutschte immer wieder ein Stück abwärts, fluchte und hangelte sich erneut die Böschung hoch. Mit lehmverschmierter Hose und völlig verdreckten Schuhen stand er schließlich oben, keuchend vor Anstrengung, aber er hatte es geschafft und war glücklich über das Fahrrad.

Will schaut über die Schulter zurück auf den Schulhof, dann stellt er den linken Fuß aufs Pedal und hebt das rechte Bein so über das Rad, als wolle er ein Pferd im Galopp besteigen. Es ist einfach ein gutes Gefühl, mit diesem Rad zu fahren, denkt er und lächelt.

Um diese Zeit ist wenig Verkehr auf den Straßen.

Vor einem Geschäft hält Will kurz an, um noch ein paar Kleinigkeiten einzukaufen.

Ein parkender Alligator

Will nimmt die Frau mit dem Jungen im Schlepptau gar nicht wahr.
Wie sollte er auch? Sie sind weder besonders auffällig, noch kann er ahnen, dass sein Leben durch diesen Jungen sehr bald vollkommen auf den Kopf gestellt werden wird.
Der Junge, vielleicht acht oder neun Jahre alt, doch offenbar schon mit vorpubertärer Akne kämpfend, ist nicht sehr groß und ein wenig pummelig. Er trägt einen schäbigen, zerschlissenen Pullover und dazu eine altmodische Jean mit weiten Hosenbeinen. Er trottet ein Stück hinter der Frau her, wie ein kleiner Hund mit zu kurzen Beinen.
Die Frau ist sichtlich nervös. Alles an ihr wirkt streng – die tiefen Falten, der schmale Mund, das glatt zurückgebundene Haar, die enge hochgeschlossene Bluse, der schlichte Rock. Im Gehen dreht sie sich nach dem Jungen um und mahnt ihn ungeduldig zur Eile. Der Junge setzt sich gehorsam in Bewegung und schließt zu der Frau auf. Sie gehen nun nebeneinanderher, wechseln jedoch keine Silbe miteinander.
Sie gehen zu einem Auto, das unter einem Baum am Rande der Allee parkt, dunkel und düster wie ein Alligator im trüben Wasser. Hinter dem Steuer sitzt ein Mann, der hinter vorgehaltener Hand gähnt. Als er die Frau und den Jungen erblickt, öffnet er die Fahrertür und hievt sich aus dem Wagen. Er ist groß wie ein Riese, und sein T-Shirt spannt über den muskelbepackten Oberarmen so sehr, als würde

es jeden Moment reißen. Er greift sich an den Hosenbund, streckt sich und zieht dabei die Hose höher.
„Sag dem Mann guten Tag!“, fordert die Frau den Jungen auf. Der Junge gehorcht. Der Riese mustert ihn von oben bis unten mit zusammengekniffenen Augen.
„Mario? Mario Adams?“, fragt er.
Der Junge nickt. Weder die Größe noch die Muskelpakete des Mannes scheinen ihn sonderlich zu beeindrucken. Der Riese öffnet die Beifahrertür des Wagens.
„Steig ein“, sagt er zu dem Jungen.
Mario Adams klettert folgsam ins Auto. Die Frau macht Anstalten, in den Fond einzusteigen, doch sie wird von dem Mann zurückgehalten.
„Nein. Nur der Junge“, sagt er.
Die Frau zuckt fast unmerklich zusammen, ihr Rücken versteift sich. Der Mann reicht ihr einen Umschlag.
„Den Rest gibt es, wenn ich den Jungen zurückbringe“, erklärt er.
Die Frau öffnet den Umschlag und zählt die Geldscheine darin. Mit einem leichten Kopfnicken signalisiert sie ihr Einverständnis.
Der Riese setzt sich wieder hinter das Steuer, lässt den Motor an und wendet.
Für gewöhnlich werden in diesem Wagen Särge transportiert, weshalb die Fenster des Fonds mit Spitzengardinen verhängt sind. Die Frau sieht ihm nach, bis er aus ihrem Blickfeld verschwunden ist.

Der Unfall

Will hat seine Einkäufe erledigt. Er schwingt sich wieder aufs Rad. Ein Stück weit muss er, Kurve um Kurve, eine Anhöhe hinaufstrampeln. Oben angekommen, hält er kurz an, um zu verschnaufen. Dann führt die Straße bergab, endlich. Der Wind bläst durch sein Haar, er riecht nach Sand und Blättern, und ein bisschen nach Vanillepudding. Will muss so breit grinsen, dass seine Wangen gegen die Augen drücken und sie ganz schmal werden lassen. Er lässt den Lenker los und stößt einen wilden Schrei aus. Der freie Fall! Ihm ist, als würde er fliegen.

In der Kurve umfasst Will wieder die Lenkstange. Er zwingt sein Rad in die Schräglage.

Plötzlich ist das Auto da. Ein dunkler Schatten, der sich aus dem Parkstreifen heraus auf die Straße schiebt. Reflexartig tritt Will auf die Bremse. Das Hinterrad gerät ins Schlingern. Das Ausweichmanöver misslingt. An den dumpfen Aufprall wird er sich später genau erinnern, nicht jedoch daran, dass sein Körper über das Heck des Autos geschleudert wird.

Eine Frau steigt aus. Sie läuft um ihr Auto herum und starrt Will zu Tode erschrocken an. Will liegt gekrümmt auf dem Asphalt, doch er ist offensichtlich nicht bewusstlos, sondern versucht aufzustehen. Die Frau atmet erleichtert auf. Sie greift ihm vorsichtig unter die Arme und zieht ihn hoch.

„Bist du verletzt? Tut dir etwas weh?“, fragt sie besorgt.

Will schüttelt den Kopf. In seinen Ohren summt es. Sei-

ne Knie zittern. Er wischt sich die Hände an der Jean ab. „Nein", sagt er, „nein, alles okay."
Das Brennen am Knie bedeutet nur, dass er sich aufgeschürft hat. So etwas kommt vor. Das Fahrrad scheint den Aufprall ohne große Schrammen überstanden zu haben. Gutes altes Waffenrad, denkt Will. Sogar die Schultasche klemmt noch auf dem Gepäckträger.
„Soll ich nicht doch lieber die Rettung rufen?", fragt die Frau. Sie hält Will immer noch fest.
Will macht sich von ihr los und hebt sein Rad von der Straße auf.
„Bist du auch wirklich sicher, dass alles okay ist?", fragt die Frau noch einmal mit Nachdruck.
Will nickt.
„Es tut mir schrecklich leid. Ich habe dich einfach nicht gesehen", beteuert sie.
„Ist schon gut", sagt Will, „kein Problem."
Ein wenig zittrig setzt er sich aufs Rad und fährt langsam los. Sein Knie brennt jetzt stärker. Er holt tief Luft und beißt die Zähne zusammen. Sein Herz schlägt wie wild. Es ist alles okay, alles okay, versucht Will sich zu beruhigen. Der Wind bläst ihm ein paar Tränen aus den Augen.

Kleine Schwester

Als Will die Wohnungstür im dritten Stock des großen Miethauses öffnet, kommt ihm der vertraute strenge Geruch nach Küchenfett und Zigarettenqualm entgegen. Anfangs hat Will diesen Geruch gehasst. Doch jetzt verbindet er ihn mit seinem neuen Zuhause. Im Hintergrund läuft der Fernseher, irgendein Zeichentrickfilm. Wills Pflegemutter Selma steht in der offenen Küche. Zwischen Ohr und Schulter klemmt ihr Handy. Während sie hineinspricht, begutachtet sie ihre frisch lackierten, kirschroten Fingernägel.

„Hi Will", begrüßt sie ihn zwischen zwei Sätzen.

Ihr schwarzer Minirock reicht knapp bis zum Ansatz der Oberschenkel. Bauch, Hüften und Brüste sind unter einem weiten T-Shirt verborgen. Wenn Selma Will an sich drückt – was selten vorkommt –, fühlen sich ihre Brüste weich an.

Marc, ihr Mann, ist ein untersetzter, kahlköpfiger Zwerg. Die einzige Kleidung, die er akzeptabel zu finden scheint, ist ein Trainingsanzug. Manchmal trägt er auch nur ein Unterhemd, so dass man seine wild wuchernde Brust- und Achselbehaarung sehen kann. Marc riecht nach Bier und häufig auch nach Schweiß. Er ist Fernfahrer und daher selten zu Hause. Die anderen Männer, die hier ein- und ausgehen, kennt Will nicht namentlich.

Will geht zum Sofa hinüber, wo seine Schwester Lea vor dem Fernseher kauert. „Komm", sagt er zu ihr.

Sie sträubt sich, als er sie vom Fernseher wegziehen will.

„Hast du schon etwas gegessen?", fragt Will.

Lea zeigt auf die leere Chips-Packung, die zusammengeknüllt neben dem Sofa auf dem Boden liegt.

„Ich koche uns etwas Gutes", sagt Will.

Lea hebt den Kopf und sieht ihn an. Die Bilder des Zeichentrickfilms spiegeln sich in ihren großen Augen. „Ich will aber den Film fertigsehen", sagt sie und wendet sich wieder dem Fernseher zu.

„Du darfst mir auch beim Kochen helfen", lockt Will sie. „Ich habe dir eine Nachspeise mitgebracht."

„Was Süßes?", will Lea wissen.

„Klar doch!" Will grinst. Er kennt seine Schwester.

„Ich komme aber nur, wenn du mir vor dem Einschlafen noch eine Geschichte erzählst."

„Du kleiner Quälgeist", stöhnt Will und verdreht theatralisch seine Augen. „Na gut, also los, dann komm."

Lea folgt ihm in die Küche. Er zeigt ihr, wie man ein Ei aufschlägt. Sie stellt sich geschickt dabei an, drückt die Schalen vorsichtig auseinander und lässt Eigelb und Eiweiß in eine Schale flutschen.

„Jetzt gib etwas Salz und Milch dazu", erklärt er. „Dann musst du alles miteinander verquirlen."

Die Speckwürfel in der Pfanne duften schon.

Selma steht auf dem Balkon und raucht, noch immer telefonierend, eine Zigarette. Sie klopft von außen ans Fenster. Ihre Lippen formen Worte, Rauch strömt zwischen ihren Zähnen aus dem Mund. Will versteht nicht, was sie sagen will. Als Selma lächelt, lächelt er zurück und nickt.

„Essen wir oben?", fragt Lea ihn.

Oben ist unterm Dach. Dort befindet sich Wills und Leas Zimmer. Es ist so schmal, dass gerade einmal zwei Betten und ein Schreibtisch Platz haben.
„Essen wir im Bett!“, ruft sie begeistert.
Will schüttelt den Kopf. „Wir essen hier in der Küche. Dafür decken wir den Tisch, ganz fein, mit Servietten.“
Sie zünden sogar eine Kerze an, die Will in der Küchenlade entdeckt hat. Als Lea zwei Teller auf den Tisch stellt, hält Will unvermittelt inne. Etwas zieht plötzlich an ihm vorbei, wie ein Hauch, wie der Schatten einer Erinnerung.
Will und Lea haben keine Erinnerungen an die Zeit, bevor sie bei Selma und Marc gewohnt haben. Sonderbar daran ist, dass sie noch nicht sehr lange hier wohnen, nämlich erst zwei Jahre. Was vorher war, ist wie ausgelöscht. Sie können sich weder an ihre Eltern erinnern noch daran, wo und wie sie gewohnt haben.
„Eure Eltern sind bei einem Unfall ums Leben gekommen. Ihr beide hattet unverschämtes Glück. Ihr habt bloß euer Gedächtnis verloren“, pflegt Selma manchmal zu sagen, wenn Lea nicht schlafen kann und weint.
Was soll daran gut sein, wenn man seine Eltern und das Gedächtnis verloren hat, denkt Will dann jedes Mal.
„Schmeckt gut!“, reißt ihn Lea aus seinen Gedanken. Sie hebt ihr Saftglas, um mit Will anzustoßen. „Prost!“
Sie ist doch noch viel zu klein, um keine richtigen Eltern zu haben, denkt Will. Vielleicht ist es aber auch gut, dass sie noch so klein ist. Sie legt sich ihre Welt einfach zurecht, ohne viel darüber nachzudenken.

Schneebeerentraum

Nachdem sie alles aufgegessen und das Geschirr weggeräumt haben, gehen Will und Lea hinauf ins Dachzimmer. Lea zeigt Will ihre Hausaufgaben. Sie bleibt nach dem Unterricht in der Schule und macht die Aufgaben dort. Doch auch wenn die Nachmittagslehrerin sie bereits kontrolliert hat, muss Will daheim noch einen Blick darauf werfen. Lea besteht darauf.

Danach spielen sie miteinander „vierarmiges Seeungeheuer“, indem sie sich zu zweit in einen von Wills weitesten Pullovern hüllen. Aus jedem Pulloverärmel schauen zwei Arme, einer von Will, einer von Lea.

Vor dem Schlafengehen löst Will sein Versprechen ein und erzählt Lea eine Gutenachtgeschichte.

„Es war einmal ein Mädchen“, beginnt er.

„War sie groß?“, will Lea wissen.

„Sie war so alt wie du und ungefähr auch so groß“, antwortet Will. „Das Mädchen ging in den Wald, um Schneebeeren zu suchen. Es war Winter.“

„Schneebeeren gibt es nicht“, unterbricht ihn Lea.

„Stimmt“, gibt ihr Will recht und erzählt weiter.

„Das dachte das Mädchen nämlich auch, nachdem sie keine Schneebeeren fand. Stattdessen fand sie einen Kühlschrank. Er war riesengroß und stand mitten im Schnee. Das Mädchen öffnete die Kühlschranktür. Warmes Licht fiel ihr entgegen. Im Inneren des Kühlschranks saß ein Bär vor einem Tisch. Er winkte und begrüßte sie freundlich. ‚Komm doch herein', lud er sie ein. Das Mädchen zögerte, doch dann stieg sie in den Kühlschrank. Der Bär bot ihr einen Stuhl an. Dann verschwand er und kam mit einer Schüssel zurück. ‚Darf ich dir Schneebeeren anbieten?', fragte er sie. ‚Sehr gerne, vielen Dank', antwortete das Mädchen höflich und nahm eine Beere aus der Schüssel. Sie sah aus, als wäre sie aus Eis und Schnee gemacht. Das Mädchen steckte sich die Beere in den Mund. Sie schmeckte nach Schneeluft, Tannengrün und Erdbeersaft."

Lea schließt ihre Augen und tut so, als würde sie kauen.

„Bin ich das Mädchen? Und ist Edgar der Schneebär?", will sie dann wissen. Sie hält ihren weißen Teddybären hoch.

Will lächelt. „Jetzt wird geschlafen", sagt er anstelle einer Antwort.

Lea kuschelt sich in ihre Decke und drückt den weißen Teddy an sich. Da sieht Will die Uhr an ihrem Handgelenk, einen zusammengeklebten Papierstreifen, auf dem ein unförmig ausgeschnittenes Ziffernblatt klebt. Auf dem Ziffernblatt stehen in krakliger Schrift ein paar Zahlen. Die Zeiger stehen auf vier Uhr, neben der Vier steht ein kleines „w". W für Will und Vier für die Uhrzeit, zu der sie nach Hause kommt und ihr Bruder für sie da ist. Will muss wieder lächeln. Aber vielleicht ist das „w" ja gar kein „w", sondern bedeutet etwas ganz anderes.

Will setzt sich auf sein Bett, öffnet so leise wie möglich die Schublade seines Nachtkästchens und zieht ein kleines Heft heraus. Irgendetwas an der Geschichte, die er Lea gerade erzählt hat, kommt ihm eigenartig vor. Er kennt sie, da ist er

sich sicher. Hat ihm jemand diese Geschichte schon einmal erzählt? Oder hat er sie selber in einem Buch gelesen?
Will schreibt die Geschichte in Stichworten in sein Erinnerungsheft. Wer keine Erinnerungen hat, für den sind schon Kleinigkeiten, die sich wie Erinnerungen anfühlen, kostbar. Sie könnten Teile eines Puzzles sein, die sich vielleicht irgendwann zu einem Gesamtbild zusammenfügen lassen.
Danach legt er das Heft auf sein Nachtkästchen für den Fall, dass er etwas aus seiner Vergangenheit träumt. Dann will er es in der Früh griffbereit haben, um alles aufschreiben zu können. Es gibt Träume, die er immer wieder träumt. Zum Beispiel der Traum von einem Mann, der am Ufer eines Sees sitzt. Er hat strubbeliges Haar und putzt die runden Gläser seiner Brille. Immer wieder und wieder putzt er sie, bis er sich schließlich die Brille auf die Nase setzt. Durch die Gläser kann Will die Augen des Mannes erkennen, die ihn traurig anstarren. Will weiß inzwischen schon, was dann kommt: Der Mann beginnt nämlich plötzlich zu lachen. Es ist ein eigenartiges Lachen, fast ein bisschen verrückt. Will spürt, dass etwas nicht in Ordnung ist. Der Mann kann gar nicht mehr aufhören, er schüttelt sich vor Lachen. Aus dem Schütteln wird ein Rütteln und Zucken, so wild, dass Will den Mann auf einmal nicht mehr richtig erkennen kann. Hände und Füße, Körper und Kopf, alles geht ineinander über, die Konturen verwischen sich, lösen sich auf. Das Lachen klingt immer verzerrter, bis es schließlich verstummt. Anstelle des Mannes sitzt nun eine Eule am Seeufer. Sie legt ihren Kopf schief und richtet den Blick auf Will. Und wie-

der sind es ihre traurigen Augen, die ihn berühren. Sie stellt die Federn rund um ihren Kopf auf, so dass sie aussehen wie ein Kranz. Dann breitet sie ihre mächtigen Flügel aus, die Federn glätten sich wieder, sie stößt sich ab und taucht lautlos in die Dunkelheit des Waldes ein.

An dieser Stelle wacht Will jedes Mal auf mit dem Gefühl, dass etwas Schreckliches passiert ist.

Noch nie hat Will von dem Unfall geträumt, bei dem seine Eltern ums Leben kamen. Er hat überhaupt noch nie von seinen Eltern geträumt.

Ob sie mir beigebracht haben zu schwimmen?, fragt er sich. Ob sie mir gesagt haben, dass ich immer einen Fahrradhelm aufsetzen soll und nie zu Fremden ins Auto steigen? Was hat es für einen Sinn, dass ich noch lebe, aber sie nicht mehr?

„Vor dem Tod kann man sich nicht schützen. Wenn er kommt, dann kommt er“, hat Selma einmal gesagt und hinzugefügt, dass sie im Schlaf sterben wolle.

Ich will nicht im Schlaf sterben, denkt Will. Wenn es so weit ist, möchte ich dem Tod in die Augen sehen und im freien Fall in ihn eintauchen.

Alte Mistkarre

George steht da mit dreckverschmierten Händen und einem halben Zahnstocher im Mund, und Scarlet ahnt bereits, was kommen wird. Doch bevor George auch nur ein Wort gesagt hat, wandert der halbe Zahnstocher von einem Mundwinkel zum anderen.

„Es tut mir leid", brummt er schließlich, „die alte Mistkarre springt nicht an. Ihr müsst zu Fuß in die Schule gehen."

Genau das hat Scarlet befürchtet.

„Robin, hast du gehört?", fragt sie den Jungen, der seinen dunklen Lockenkopf hinter einer Zeitung verborgen hat.

„Klar", antwortet Robin, „ich bin ja nicht taub."

„Bitte beeil dich", fügt Scarlet hinzu, denn sie hasst es, hetzen zu müssen und dann verschwitzt in der Schule anzukommen.

„Ich warte draußen auf dich", sagt sie noch und geht hinaus.

Als Robin nach minutenlangem Warten noch immer nicht kommt, stürmt Scarlet ärgerlich ins Haus zurück und rennt Robin, der im Begriff ist, die Tür zu öffnen, beinahe über den Haufen.

„Na endlich!", stöhnt Scarlet.

„Ich muss auf dem Laufenden bleiben", verteidigt sich Robin, als sie kurze Zeit später die Straße hinunterlaufen. „Der Wilson macht mich sonst fertig."

Der Wilson ist Robins Deutschlehrer, der es liebt, seinen Schülern und Schülerinnen lebensnahe Aufträge zu erteilen, wie beispielsweise jeden Morgen die Zeitung zu lesen.

„Du hast in allen Fächern die besten Noten. Der kann dir doch gar nichts anhaben", erwidert Scarlet etwas unwirsch.
„Ich will aber auch, dass das so bleibt", entgegnet Robin außer Atem. Er hat Mühe, mit Scarlet Schritt zu halten.

Als sie das Schulgebäude betreten, hat der Unterricht bereits begonnen.
„Mist!“, murmelt Robin und schaut völlig zerknirscht aus der Wäsche.
„Wir sind ja nur ein paar Minuten zu spät“, versucht ihn Scarlet zu beruhigen. Robin hebt die Hand zum Abschied und rennt die Treppe hinauf zu seinem Klassenzimmer.
Scarlet weiß, dass sie Robin nicht wirklich beruhigen kann. Dafür ist es ihm viel zu wichtig, hier in der Schule von allen anerkannt zu werden. Jede noch so kleine Verspätung, selbst der harmloseste Fehler ist ihm furchtbar unangenehm.
Scarlet kramt in ihrer Tasche und beschließt dann, noch auf einen Sprung in die Bibliothek zu gehen. Sie hat es nicht eilig, in ihre Klasse zu kommen.
Zwei Mädchen biegen lachend um die Ecke am Ende des Korridors. Eine von ihnen heißt Helen Parker. Sie geht in die Parallelklasse. Das andere Mädchen an ihrer Seite ist offensichtlich eine neue Schülerin. Als die beiden Scarlet erreichen, deutet Helen einen Knicks an, setzt ein gekünsteltes Lächeln auf und verkündet mit theatralischer Geste: „We proudly present Scarlet Dingsbums, ihren Nachnamen weiß ich leider nicht.“ Bevor Scarlet etwas entgegnen kann, zieht Helen das andere Mädchen schon weiter. Wieder lachen sie, und Helen tuschelt der Neuen etwas ins Ohr.
Scarlet kann sich mühelos vorstellen, was Helen in etwa erzählen wird.

„Scarlet geht noch nicht lange in unsere Schule. Sie hat kein Handy, und sie gehört keiner Onlinecommunity an. Sie hat weder eine Freundin noch einen Freund, dafür aber einen Bruder, der gar nicht ihr Bruder ist. Wie armselig ist das denn?“

Es ist gar nicht armselig, denkt Scarlet, sondern es ist genau so, wie ich es mir wünsche! Und mir ist es auch egal, dass du ein Schlauchkleid trägst, in dem dein Körper aussieht, als würde er wie Zahnpasta aus der Tube gedrückt.

Scarlet geht weiter in Richtung Schulbibliothek.

Auf einmal hört sie ein merkwürdig knisterndes Geräusch, als würde jemand heißes Wasser über Eis gießen. Im nächsten Moment wird sie von einer Gefühlswelle überschwappt, die ihre Seele streift und dann durch sie hindurchbraust wie ein Schwarm aufgeschreckter Vögel. Scarlet strauchelt und keucht, die Beine versagen beinahe ihren Dienst. Sie kennt dieses Gefühl nur zu gut. Es gehört in eine Welt, die sie längst verlassen hat. Es dürfte also gar nicht hier sein. Scarlet zwingt sich, ruhig zu bleiben und zu atmen. Sie spürt ihren Herzschlag.

Dann hört sie jemanden den Korridor entlangkommen. Instinktiv sucht sie nach einem Versteck. Die Schritte werden immer lauter. Scarlet drückt sich hinter eine der Säulen, die gerade breit genug sind, um nicht gesehen zu werden. Vorsichtig späht sie hervor.

Sie erkennt zwar nur die Umrisse einer Gestalt, doch das genügt. Die Erinnerungen brechen über sie herein wie ein tosender Wasserfall, der sich durch sie hindurch seinen Weg bahnt.

Ein Junge namens Roy

Scarlet ist sich vom ersten Moment an sicher. Er ist einer der drei Jungen, die damals mit dem Magier zusammen in den Besprechungsraum ins Büro der Wächter und Wächterinnen kamen. Direktor Rubens hatte sie mit diesem Magier alleine gelassen.

Sie hält die Luft an. Am liebsten würde sie die Situation sofort wieder vergessen, doch auf einmal ist sein Name in ihrem Kopf, wie in Leuchtschrift geschrieben, „Barns".

Aber was will dieser Junge hier? Er geht nicht in ihre Schule, das weiß sie genau. Was hat er hier zu suchen? Steckt Barns dahinter? Scarlets Gedanken überschlagen sich. Sind sie etwa gekommen, um sie zu holen?

Der Junge schlendert lässig an der Säule vorbei, ohne sie zu bemerken. Würde er seine magischen Fähigkeiten einsetzen, könnte er sie erspüren.

Erleichtert atmet Scarlet aus. Doch um herauszufinden, was der Junge vorhat, muss sie ihm folgen.

Ihre Vernunft rät ihr, sich besser aus der ganzen Sache herauszuhalten. Doch Scarlet beschließt rasch, nicht auf ihre Vernunft zu hören.

Der Junge steuert auf die Direktionskanzlei zu, hält vor der Tür an und klopft. Scarlet sieht, wie die Tür geöffnet wird. Die Direktorin scheint verwundert, doch nicht wirklich erstaunt zu sein. Kennt sie diesen Jungen etwa?

Scarlet nutzt jetzt ihre magischen Kräfte. Sie kann in einem offenen Raum selbst aus großer Entfernung alles ganz

deutlich hören. Zum Glück bleibt die Direktorin in der Tür stehen. Scarlet muss allerdings höllisch aufpassen, dass der Junge sie nicht bemerkt.
„Roy? Was machst du denn hier? Du solltest nicht herkommen“, sagt die Direktorin und packt den Jungen am Oberarm. „Komm mit!“, fordert sie ihn auf und zieht ihn hinter sich her den Korridor entlang.
Sie ist eine von uns, und ich habe das nicht bemerkt!, denkt Scarlet, und sie kennt den Jungen, der Roy heißt!
Scarlet drückt sich ganz flach gegen die Säule. Sie spürt den kalten Marmor und einen leisen Luftzug, als die beiden an ihr vorbeigehen. Wo wollen sie hin?
Sie gehen die Treppe hinauf ins obere Stockwerk. Dort befinden sich vier Klassenräume und die Bibliothek.
Scarlet wartet ab. Dann hört sie, wie eine Tür geöffnet wird. Sie erkennt an dem Geräusch sofort, dass es der Eingang zur Bibliothek ist. Natürlich, wohin sollten sie auch sonst gehen? In den Klassenzimmern hat der Unterricht ja längst begonnen.
Scarlet weiß, dass es verrückt ist, ihnen zu folgen, dennoch zögert sie keine Sekunde. Vor dem Eingang zur Bibliothek angekommen, drückt sie so geräuschlos wie möglich die Schnalle nieder, öffnet die Tür nur so weit wie nötig und schleicht auf Zehenspitzen hinein. Sie überlegt, welche Entschuldigung sie vorbringen könnte, falls sie ertappt werden sollte. Doch der Raum ist leer. Ob die beiden hinter einer der fahrbaren Stellagen stehen?
Sie lauscht, dann kann sie leise Stimmen hören.

„Roy, was willst du hier?“, fragt die Direktorin wieder.

„Ich suche einen Schüler. Er heißt Will Turner“, antwortet Roy.

„Was willst du von ihm?“

„Das musst du nicht wissen.“

„Er ist im Unterricht.“

„Das interessiert mich nicht. Lass ihn herausholen.“

„Du kannst doch nicht einfach herkommen und einen Jungen aus dem Unterricht holen.“

„Mam, ich arbeite für eine Sonderabteilung. Ich bin befugt, alle notwendigen Maßnahmen zu ergreifen.“

Mam? Die Direktorin ist seine Mutter? Scarlet kann es kaum fassen.

„Hat sich der Junge etwas zuschulden kommen lassen? Wissen seine Eltern Bescheid?“, will die Direktorin nun wissen.

„Nein, Mam. Bitte hol ihn endlich.“

„Wissen seine Eltern jetzt Bescheid oder nicht?“

„Nein. Sie wissen nicht Bescheid. Aber das ist unwichtig. Hier geht es um etwas viel Bedeutenderes“, erklärt Roy ungeduldig.

„Du befindest dich hier in einem öffentlichen Gebäude, Roy. Ohne Erlaubnis der Eltern können Schülerinnen und Schüler nicht einfach abgeholt werden“, antwortet die Direktorin.

„Mam, du begreifst das nicht. Ich habe sämtliche Befugnisse. Wenn du ihn nicht holst, dann werde ich es selber tun.“

Scarlet hat genug gehört. So unbemerkt wie sie gekommen ist, verlässt sie die Bibliothek schnell wieder.

Versuch einer Rettung

„Will!“

Will reagiert nicht. Er döst vor sich hin.

„Will Turner“, sagt der Lehrer erneut, diesmal ein bisschen lauter.

Neben dem Lehrer steht eine Schülerin aus einer anderen Klasse. Sie sieht Will unverwandt an. Will weiß nur, dass sie Scarlet heißt und einen Bruder an der Schule hat.

„Komm mit!“, fordert sie ihn nun auf.

Was? Warum? Will begreift nicht, was das plötzlich alles soll.

„Zur Direktorin, nun komm schon. Hast du nicht gehört, Turner? Beweg dich“, wiederholt der Lehrer schon ein wenig gereizt.

Will erhebt sich widerwillig.

„Mach schon!“, drängt ihn das Mädchen.

Er schlurft betont cool an den Tischen und Sesseln vorbei.

Alle in der Klasse starren ihn an.

Vorne packt das Mädchen ihn am Ärmel und zieht ihn hinaus auf den Gang.

„Was soll das? Lass mich los!“, sagt er.

Aber Scarlet rennt schon los und zerrt ihn hinter sich her.

Will versucht sich loszureißen.

Was soll das?, denkt er, seit wann wird man von anderen Schülerinnen zur Direktorin geschleift? Dieses Mädchen hat sie wohl nicht mehr alle!

Sie sieht ihn kurz an, dann sucht sie mit gehetztem Aus-

druck den Korridor ab und sagt: „Er wird gleich hier sein!“
„Wer? Verdammt, was ist denn los?“, fragt Will ärgerlich.
Hastig öffnet sie eine Tür und schubst ihn hinein.
„Bist du komplett übergeschnappt? Das ist die Mädchentoilette!“, fährt er sie an.
„Glaubst du, das weiß ich nicht?“, faucht Scarlet zurück, sobald sie die Tür von innen geschlossen hat.
Sie geht zum Fenster und öffnet es.
„Hör zu“, sagt sie dann. „Ein Junge ist vorhin in die Schule gekommen, er heißt Roy. Und er sucht nach dir. Kennst du ihn vielleicht?“
Will runzelt die Stirn und zuckt mit den Schultern.
„Ich kenne ihn jedenfalls“, erklärt das Mädchen weiter. „Dass er hier auftaucht, verheißt nichts Gutes. Er will dich abholen. Kannst du dir vorstellen, warum er nach dir sucht? Ich wollte dich nur vorwarnen.“
Will schüttelt verständnislos den Kopf.
„Glaub mir, es ist besser für dich, wenn du sofort verschwindest. Das ist nur ein gut gemeinter Rat.“
Sie betrachtet ihn aufmerksam und kann beinahe sehen, wie es in ihm arbeitet.
Sie weiß nichts über diesen Jungen, der mit seinen langen dunklen Haaren ein wenig aussieht wie ein Indianer und sich mit Filzstift einen QR-Code auf seinen Handrücken gezeichnet hat. Sie hat nur ab und zu gesehen, wie er alleine in den breiten Fensternischen des Schulgebäudes herumlungerte, Musik hörte und nach draußen starrte, als hätte er mit dem Rest der Welt nichts zu tun.

„Jetzt hörst du mir zu", sagt Will schließlich sehr ruhig. „Ich habe keine Ahnung, warum mich jemand suchen sollte. Ich kenne keinen Roy, und ich werde sicher nicht abhauen. Alles klar?"

Mit diesen Worten dreht er sich auf dem Absatz um, öffnet die Tür und geht hinaus.

Okay, denkt Scarlet, ich habe es versucht. Mehr kann ich nicht für dich tun, Will Turner.

Der Feuermelder

Will ist wütend und verunsichert zugleich. Als er auf dem Weg zurück in seine Klasse um die Ecke biegt, sieht er die Direktorin mit einem fremden Jungen weiter hinten im Korridor stehen. Das muss der sein, von dem diese Scarlet gesprochen hat.
„Turner!", ruft ihn da bereits die Direktorin.
Will geht bewusst sehr langsam auf die beiden zu. Irgendetwas ist hier faul, denkt er.
Der fremde Junge fixiert ihn und stürzt dann ohne zu zögern auf ihn zu.
Im ersten Moment bleibt Will erschrocken stehen, doch in der nächsten Sekunde dreht er sich um und rennt los. Ohne zu wissen, was der Junge von ihm will, merkt Will instinktiv, dass er flüchten muss. Aber der Junge holt ihn ein, fasst nach ihm und erwischt den Ärmel seiner Jacke. Will gelingt es, sich loszureißen, er stolpert und rennt weiter, so schnell er kann. Der andere Junge flucht und nimmt die Verfolgung wieder auf.
Im Vorbeilaufen schlägt Will mit der Faust die Scheibe eines Feuermelders ein. Sofort wird der Alarm ausgelöst, ein ohrenbetäubender Lärm setzt ein, Klassentüren werden aufgerissen, Schüler und Schülerinnen strömen hinaus in den Flur. Sie verstellen Roy den Weg. Will rast weiter und schafft es bis zu den Toiletten, reißt die Tür zu den Mädchenklos auf und rettet sich hinein.
Roy schlängelt sich währenddessen geschickt an all den rat-

los Herumstehenden vorbei. Doch als er endlich die Toilettenräume erreicht, sind sie menschenleer.
Will ist aus dem Fenster der Mädchentoilette gesprungen und weitergerannt. Seine Lungen brennen, das Herz schlägt ihm bis zum Hals, ein Stechen in der Seite zwingt ihn fast zum Aufgeben. Er überquert den Schulhof und die Wiese bis zu den Fahrradständern. Sein gutes altes Waffenrad liegt wie immer unversperrt am Boden. Er hebt es auf und schwingt sich in den Sattel. Mit letzter Kraft tritt er in die Pedale. Erst jetzt bemerkt er das Blut an seiner Hand. Er muss sich beim Zertrümmern der Scheibe geschnitten haben. Aber das spielt jetzt keine Rolle.
Erleichtert spürt er den Fahrtwind im Haar und weiß, dass er es geschafft hat.
Aber warum hat dieser Junge ihm einen solchen Schrecken eingejagt?

Willkommene Gäste

George hat schon vor längerer Zeit versprochen, ein paar der Bäume zu beschneiden, damit mehr Licht ins Haus dringen kann. Doch er hat sein Versprechen bis heute nicht eingelöst.

Robin sitzt am Küchentisch, Hefte und Bücher vor sich, und schaut gedankenverloren zum Fenster hinaus. Zwischen den Bäumen steht das riesige alte Ruderboot, das aussieht wie ein Wal. George hat es gemeinsam mit Robin einen ganzen Sommer lang instand gesetzt. Für Robin war das eine wunderschöne Zeit. Es war, als hätte er plötzlich so etwas wie einen Vater. Ihren gemeinsamen Traum, mit dem Boot in See zu stechen, werden sie eines Tages verwirklichen, davon ist Robin fest überzeugt.

Ein wenig später an diesem Nachmittag läutet es an der Tür. George erledigt Einkäufe außer Haus, Meggie bügelt und sieht währenddessen fern. Und um Robin nicht beim Lernen zu stören, trägt sie Kopfhörer. Scarlet hat sich, angeblich ebenfalls mit Hausaufgaben, nach oben in ihr Zimmer verzogen.

Nur Robin kann das Läuten hören, ihm bleibt nichts anderes übrig, als sich vom Anblick des Bootes loszureißen, an die Haustür zu gehen und sie zu öffnen.

Draußen stehen ein Junge und ein kleines Mädchen mit Schulrucksack am Rücken. Den Jungen kennt Robin, er geht in eine der Parallelklassen und heißt Will Turner. Das Mädchen hat er noch nie zuvor gesehen.

Will starrt Robin nur an und beißt auf seiner Unterlippe herum.
„Wir suchen Starlet", sagt das Mädchen.
„Scarlet", bessert Robin sie aus.
„Du bist doch Robin, oder? Ist Scarlet hier?", findet nun auch Will seine Sprache wieder.
„Was willst du von ihr?", erkundigt sich Robin.
„Sie hat uns etwas zu sagen", antwortet die Kleine an Wills Stelle. Will schubst sie ein wenig unsanft und sieht sie ermahnend an.
Meggie hat nun doch ihre Kopfhörer abgenommen und kommt zur Tür.
„Kann ich dir helfen, Robin?"
„Das ist Will Turner", erklärt Robin. „Er geht in unsere Schule, und er will irgendetwas von Scarlet."
„Und ich bin Lea, ich bin Wills Schwester", stellt sich das Mädchen selber vor.
„Dann bitte sie doch herein", fordert Meggie Robin auf. Sie lächelt und streckt den beiden ihre Hand entgegen. „Ich bin Meggie, Robins und Scarlets Tante", stellt sie sich vor.
Das entspricht zwar nicht den Tatsachen, aber Robin sagt nichts weiter dazu.
„Möchtet ihr vielleicht etwas trinken? Ich kann euch einen Saft anbieten", schlägt Meggie auf dem Weg zur Küche vor.
„Scarlet ist in ihrem Zimmer", sagt Robin zu Will. „Ich sag' ihr Bescheid."
„Ich möchte gerne etwas trinken", beantwortet Lea als Einzige Meggies Frage.

Meggie stellt Gläser und eine Flasche Erdbeernektar auf den Tisch, während Robin hinaufgeht, um Scarlet zu holen.
Kurz danach kommen sie beide zusammen die Treppe hinunter.
Scarlet ist überrascht, Will zu sehen.
„Ich muss mit dir reden“, sagt Will.
Lea begrüßt sie mit einem breiten roten Erdbeernektargrinsen: „Bist du Starlet?“
Scarlet muss lachen. Sie nickt.
„Habt ihr auch Hunger?“, fragt Meggie, die vor dem Kühlschrank steht. „Vielleicht möchte mir jemand dabei helfen, ein paar Brötchen herzurichten! Oder wollt ihr lieber Burger essen?“
„Ich mag dir helfen!“, ruft Lea begeistert. „Ich helfe Will auch immer beim Kochen, und ich liebe Burger!“
„Meggie bietet allen, die an die Tür klopfen, etwas zu essen an“, erklärt Scarlet, an Will gewandt. „Und sie freut sich, wenn ihr es annehmt. Ihre Burger sind echt gut“, fügt sie hinzu.
„Ich will nur reden“, sagt Will knapp und hofft, dass er nicht unhöflich wirkt. „Aber Lea ist hungrig und hilft sicher gerne.“
Meggie schiebt dem Mädchen einen Stuhl vor die Arbeitsplatte, und Lea klettert übers ganze Gesicht strahlend hinauf. Robin kommt sich irgendwie überflüssig vor und wendet sich wieder seinen Schulheften zu.
„Dann lassen wir die Köchinnen mal in Ruhe arbeiten“, sagt Scarlet zu Will, „komm, gehen wir in mein Zimmer.“

Will nickt und folgt ihr hinauf. Er ist noch nie in einem Mädchenzimmer gewesen. Oder falls doch, so kann er sich nicht daran erinnern.
Robin sieht den beiden gedankenverloren nach. Was wohl so wichtig sein kann, dass Will mit seiner kleinen Schwester hierherkommt? Er hat Will noch nie mit Scarlet zusammen gesehen.

Mysteriöse Verfolger

Will schaut sich in Scarlets Zimmer um. Es ist ebenfalls unterm Dach und hat dieselben schrägen Wände wie Leas und seines. Irgendwie sieht das hier nicht nach Mädchenzimmer aus, was immer er sich darunter vorgestellt haben mag. Die Wand hinter dem Bett ist mit schwarzem Filzstift bemalt. Merkwürdige Muster, Bäume und ein Einhorn kann Will erkennen. Auf einem Bord über dem Schreibtisch stehen Bücher. Das Zimmer ist sehr schlicht eingerichtet. Auf dem Bett liegt eine aus vielen bunten Quadraten zusammengenähte Steppdecke. Will weiß, das man solche Decken Quilt nennt, er hat so etwas einmal im Fernsehen gesehen.
Scarlet lässt sich mit einer geschmeidigen Bewegung auf dem Boden nieder, und Will setzt sich ihr gegenüber hin. Er zieht seine Knie hoch, stützt das Kinn darauf ab und starrt an die Wand.
Während er so dahockt, hat Scarlet die Gelegenheit, ihn zum ersten Mal aus der Nähe zu betrachten. Sein fein geschnittenes Gesicht ist länglich, die Nase schmal. Die Augen funkeln dunkelbraun. Das lange schwarze Haar fällt ihm locker über die Schultern.
„Ihr seht euch ähnlich, deine Schwester und du", stellt sie fest.
„Oh, tja, na ja", grinst Will. „Mich halten viele für ein Mädchen."
„So habe ich es nicht gemeint", wehrt Scarlet ab.
„Schon gut", sagt Will und schaut auf den Boden, auf dem ein paar Bücher und Hefte liegen.

„Ich habe nicht aufgeräumt", erklärt Scarlet.
Wills Blick bleibt an einem Notizzettel hängen, der mit einer Stecknadel am Fenstervorhang befestigt ist: „Gieße die Blumen, nicht das Unkraut", liest er laut. „Aber du hast ja gar keine Blumen", sagt er dann.
„Das ist nicht wörtlich gemeint", klärt ihn Scarlet auf. „Blumen stehen für all das, was man schön findet."
„Oh, ach so!" Will würde gerne wissen, was Scarlet schön findet. Aber er verkneift sich die Frage und schweigt beklommen.
Scarlet schweigt ebenfalls und wartet eine Weile.
„Erzähl doch mal. Was ist passiert? Warum bist du gekommen?", fordert sie ihn schließlich auf.
Will räuspert sich unsicher. Er weiß nicht, wie er beginnen soll.
„Okay", beginnt er stockend, „woher hast du gewusst, dass dieser Roy etwas von mir will?"
Mit dieser Frage hat Scarlet gerechnet. Sie überlegt scharf, was sie ihm antworten kann. Auf keinen Fall will sie über Magie reden. Nicht, wenn es nicht sein muss. Soll sie ihm von Barns erzählen?
„Ich habe ein Gespräch zwischen Roy und unserer Direktorin belauscht", beginnt sie. „Roy hat zu ihr gesagt, er wolle dich mitnehmen. Mehr weiß ich auch nicht."
„Kennst du Roy?"
„Nicht wirklich gut."
„Woher weißt du dann, dass er gefährlich ist?"
Scarlet zögert.

„Ein Bauchgefühl", antwortet sie schließlich und hofft, dass sie nicht rot wird, weil das nicht ganz die Wahrheit ist.
Will holt tief Luft und atmet lange aus.
„Ich bin ihm entwischt", beginnt er dann zu erzählen. „Er ist mir nachgerannt, aber ich bin durchs Fenster vom Mädchenklo gesprungen und konnte ihn mit dem Fahrrad abhängen. Das war kein Problem. Doch dann ist dieser Wagen vor mir gewesen. Er hat das Tempo immer weiter gedrosselt und ist dann neben mir hergefahren."
„Ein Wagen?", fragt Scarlet verwundert.
Will nickt. „Und den abzuhängen, das war schon schwieriger. Doch jetzt kommt's", erzählt Will weiter. „Als ich auf unseren Wohnblock zufuhr, habe ich diesen Roy mit zwei anderen Jungs vor unserem Haus auf der Straße stehen gesehen."
„War auch ein Mann dabei?", will Scarlet sofort wissen.
Will schüttelt den Kopf.
„Haben sie dich gesehen?"
„Natürlich nicht!", erwidert Will empört. „Aber ich frage mich, woher die wissen, wo ich wohne!"
Scarlet merkt, wie beunruhigt er ist.
„Und was war dann?", fragt sie.
„Ich bin vom Rad gestiegen und habe sie aus der Entfernung beobachtet. Sie sind nur herumgestanden. Mir ist schon langweilig geworden, und ich beschloss, zu ihnen zu gehen und sie zu fragen, was das Ganze soll. Aber dann war plötzlich dieser Wagen wieder da, derselbe, der mich vorher verfolgt hat."

„Was für einer war es denn?"
„Einer, in dem man Särge transportiert, ein Leichenwagen. Groß und schwarz und hinten lang und hoch", antwortet Will.
Scarlet starrt ihn an.
„Ein Mann ist ausgestiegen, ein Riesentyp. Er hat irgendwas mit den Jungen geredet. Danach sind sie alle zusammen zum Haustor gegangen und haben angeläutet. Selma hat vom Balkon aus mit ihnen geredet, und ..."
„Wer ist Selma?", unterbricht ihn Scarlet.
„Meine Pflegemutter."
„Und was war dann?"
„Ich habe nicht gehört, worüber gesprochen wurde, ich war zu weit weg. Aber ich konnte sehen, dass Selma wütend geworden ist. Sie hat ihnen zu verstehen gegeben, dass sie verschwinden sollen. Die Jungen sind daraufhin gegangen, und auch der Typ ist wieder eingestiegen und weitergefahren. Doch nur um ein paar Häuserblocks."
„Und dann?"
„Auch dieser Roy und die zwei anderen sind in der Nähe geblieben. Da bin ich wieder aufs Rad und zu Leas Schule gedüst. Sie bleibt immer zur Nachmittagsbetreuung dort. Ich fürchte nämlich, dass sie auch hinter Lea her sein könnten. Deshalb habe ich sie abgeholt."
„Ja, das ist gut", bestärkt ihn Scarlet.
„Und du weißt nicht, was die wollen?", erkundigt sich Will noch einmal.
Scarlet schüttelt den Kopf. Nicht genau, denkt sie.

Falls Barns dahinterstecken sollte, würde der Will womöglich demselben Test unterziehen wie sie damals. Doch warum sollte er das tun? Das würde nur Sinn ergeben, wenn auch Will magische Fähigkeiten hätte.
Sie mustert Will aufmerksam und schaut ihm für Sekunden tief in die Augen. Erkennen kann sie nichts. Möglicherweise sind seine Fähigkeiten nur schwach ausgeprägt. In dem Falle würde er Barns nicht nützlich sein.
Um mehr zu erfahren, müsste sie mit Direktor Rubens sprechen. Seit dem Vorfall mit Barns war sie nicht mehr im Büro der Wächter gewesen.
„Wahrscheinlich ist es am besten, wenn ihr hier übernachtet", schlägt sie Will vor.
Wills Augenbrauen schnellen in die Höhe. „Hier übernachten? Warum sollten wir das tun?"
Scarlet zuckt mit den Schultern. „Ich denke, ihr seid hier in Sicherheit und wir haben Zeit herauszufinden, worum es überhaupt geht", erklärt sie. Sie kommt sich ein bisschen schäbig vor, weil sie nicht offen mit Will sprechen kann.
„Hast du ein Handy?", fragt sie ihn.
„Klar", antwortet Will.
„Glaubst du, eure Pflegemutter wird euch erlauben, hierzubleiben?"
„Selma ist es egal, was wir tun", erwidert Will, obwohl das nicht ganz stimmt.
„Ich werde mit Robin reden", sagt Scarlet, denn sie hat eine Idee. „Der ist nämlich ein echter Computerfreak. Wir checken alle Bestattungsunternehmen. Vielleicht finden wir

raus, wer der Typ mit dem Leichenwagen ist. Das wäre zumindest mal ein Anfang."
„Das klingt doch gut", bestätigt Will.
Scarlet fragt sich, welche Verbindung zwischen dem Leichenwagenfahrer und Barns Jungen existieren könnte.
Will kramt sein Handy aus der Hosentasche und ruft Selma an. Sie hebt sofort ab, ist völlig aufgebracht und spricht so laut ins Handy, dass Will es ein Stück von seinem Ohr weghalten muss.
„Kannst du dir nicht denken, welche Sorgen ich mir gemacht habe?"
Will hat noch nie erlebt, dass sich Selma Sorgen gemacht hat.
„Ich habe schon überall herumtelefoniert. Was hast du dir dabei gedacht, Lea von der Schule abzuholen und einfach abzuhauen?"
Will hat nicht lange denken müssen, sondern einfach getan, was er für richtig hielt.
„Ihr habt Glück, dass Marc noch nicht zur Polizei gegangen ist. Ihr kommt jetzt unverzüglich nach Hause!"
Will bleibt ganz ruhig. Er ist sich sicher, dass Marc gar nicht zu Hause ist, sondern in seinem Stammbeisl beim Bier sitzt. Und Selma hat für den Abend bestimmt etwas anderes vor, wie immer.
„Es ist aber gerade so toll hier", sagt er, darum bemüht, möglichst harmlos zu klingen.
„Wo steckt ihr denn eigentlich?"
„Bei einem Freund. Er heißt Robin. Er geht in meine Klasse

und hat auch eine kleine Schwester", erzählt Will leutselig. Er wundert sich selbst, wie leicht ihm das Lügen fällt. „Ich habe Lea mitgenommen, damit sie miteinander spielen können. Robins Eltern haben uns gefragt, ob wir hier übernachten wollen. Dürfen wir? Bitte", bettelt er. Er kann durchs Handy hören, wie Selma an ihrer Zigarette zieht und überlegt. Will kann sich das Grinsen nicht verkneifen.
„Und was ist morgen? Wie kommt ihr in die Schule?"
„Robin und seine Schwester müssen ja auch in die Schule, wir werden zusammen hingehen."
„Und wieso rufst du erst jetzt an?", will Selma wissen.
„Ich habe die Zeit übersehen. Also, dürfen wir nun?"
Pause. Ein Seufzen.
„Na schön, ausnahmsweise", hört er Selma dann sagen.
Will hätte wetten können, dass sie zustimmen würde.
Nach dem Telefonat fällt ihm ein, dass Selma gar nichts von dem Mann und den drei fremden Besuchern erzählt hat. Er hätte zu gerne gewusst, was die von ihr wollten. Allerdings hätte er sie danach fragen und dann auch erklären müssen, woher er überhaupt davon weiß ...

Das Versteckspiel

Will und Scarlet gehen hinunter in die Küche. Auf halber Treppe stürmt ihnen Lea entgegen.
„Wir haben die besten Burger der Welt gemacht!", verkündet sie mit Begeisterung.
„Alle zu Tisch!", ruft Meggie.
Robin setzt sich Will gegenüber. Scarlet setzt sich neben Robin. Will bemerkt, dass die beiden einander ansehen. Meggie stellt einen Riesenteller voller Burger in die Mitte des Tisches, und alle langen ordentlich zu.
„Wer will Ketchup?", fragt sie.
Es ist fast so, als würde eine große Familie zusammen zu Abend essen, denkt Will.
„Sind sie gut?", fragt Lea gespannt.
„Sehr gut", bestätigt Will mit vollem Mund. Im selben Moment knurrt sein Magen, und alle lachen.
„Ich habe ja gewusst, dass du hungrig bist", freut sich Meggie.
„Können Will und Lea bei uns übernachten?", fragt Scarlet.
„Aber natürlich", antwortet Meggie und strahlt ihre Gäste an. „Wir finden sicher einen schönen Platz für euch. Das Haus ist groß genug."
„Ich kann nicht hier übernachten", verkündet Lea. „Edgar ist nicht da, und ich habe keine Zahnbürste mit."
„Wir finden auch eine Zahnbürste für dich", beruhigt sie Meggie.
„Wer ist Edgar?", fragt Scarlet.

„Edgar ist Leas Bär", erklärt Will.
„Mein Schneebär", bessert Lea aus. „Er wohnt in einem Kühlschrank und isst am liebsten Schneebeeren", erzählt sie munter weiter.
„Und er hat mir extra einen Brief für dich mitgegeben", verrät Will. „Du wirst es nicht glauben, aber er ist auch verreist."
„Verreist?", wiederholt Lea.
Will nickt. Das mit dem Brief ist ihm gerade erst eingefallen.
Lea sieht ihn staunend an. „Und wo ist er hingereist?", will sie wissen.
„Das wird dir im Bett verraten", versichert Will.
„Aber es ist noch gar nicht spät!", protestiert seine Schwester, „und ich bin auch noch gar nicht müde!"
„Scarlet und dein Bruder holen schon mal die Matratze und richten das Bett her. Und du, Lea, du könntest mir helfen, den Tisch abzuräumen, magst du?", schlägt Meggie vor.
Lea ist einverstanden.
Will beschließt, auf dem Sofa im Wohnzimmer zu schlafen. Leas Matratze schieben sie direkt daneben.
„Spielen wir Verstecken?", bettelt Lea, als die Betten bezogen sind. „Alle zusammen?"
Robin winkt ab. „Ich muss noch mal an den Computer", sagt er. Scarlet hat offensichtlich schon mit ihm gesprochen, nimmt Will an.
Meggie bedauert, doch sie habe noch einiges zu tun. Aber Scarlet ist einverstanden. Also spielen sie zu dritt. Will ist überrascht, dass sich Scarlet für ein solches Kinderspiel be-

geistern kann. Sie kommt ihm sonst nämlich sehr erwachsen vor.
„Wer ein Junge ist, muss zuerst suchen", klärt Lea sie auf. Sie bestimmt also die Spielregeln.
„Wieso nicht?", meint Will. Er hält sich beide Hände vor die Augen und zählt laut: „Eins, zwei, drei … … zwanzig! Ich komme!"
Er nimmt die Hände vom Gesicht und dreht sich langsam um. „Ich finde euch sofort!", ruft er. Er öffnet zuerst die Tür zum Klo und schließt sie wieder. Dann spricht er laut weiter: „Hockt da etwa ein kleines Mädchen im Kasten? Nein? Dann ist sie sicher im Wäschekorb! Ach nein, auch nicht."
Aus dem Kasten kommt ein unterdrücktes Kichern.
Scarlet ist sehr angetan davon, wie Will seine Schwester zum Lachen bringt.
Das Lachen hat Lea leider verraten, deshalb ist sie als Nächste mit dem Suchen dran.
Will versteckt sich zunächst im Bad, doch im letzten Moment entscheidet er sich um. Er läuft in Meggies Schlafzimmer und kriecht unter das Bett. Von draußen hört er Lea reden. Sie spielt genauso wie Will vorher und spricht so laut, dass Will und Scarlet sie hören können.
„Ist da jemand in der Badewanne?"
Will schließt die Augen. Er spürt, wie auf einmal alle Anspannung von ihm abfällt, und er muss gähnen.
„Müde?", flüstert da plötzlich jemand neben ihm. Will fährt herum und schlägt sich den Kopf an. Scarlet liegt neben ihm. Sie kichert.

„Wir hatten dieselbe Idee“, flüstert sie. Ihr Atem streift über sein Ohr, und ihre Finger berühren seine Hand. Will möchte die Hand wegziehen, doch es gelingt ihm nicht. Etwas strömt durch ihn hindurch, und ein angenehmes und zugleich aufregendes Prickeln erfasst ihn.
„Ich komme jetzt ins Schlafzimmer“, kündigt Lea an.
„Sie ist so süß!“, murmelt Scarlet.
„Ist da jemand unterm Bett?“
Leas Kopf erscheint, ihre Augen funkeln. „Hab’ ich euch!“, quiekt sie, begeistert darüber, gleich alle beide auf einmal gefunden zu haben.
„Einmal noch“, „nur noch ein Mal“ und „ein allerletztes Mal“, bettelt sie. Sie kann gar nicht genug bekommen von dem Spiel.
Will ist erschöpft und erleichtert, als sie irgendwann endlich auf ihrer Matratze liegt und nach Seife und Zahnpaste duftet. Er deckt sie zu und wuschelt ihr durchs Haar.
„Der Brief“, erinnert sie Will an sein Versprechen. Solche Dinge vergisst Lea nie.
Will zerrt ein Blatt Papier aus seiner Hosentasche. Gut, dass er daran gedacht hat. Er faltet es umständlich auseinander, als wäre es ein kostbares Dokument. Dann beginnt er zu lesen:
„Liebe Lea, meine Schneebeerenprinzessin.“
Lea lächelt selig.
„Du musst wissen, ich liebe meinen Kühlschrank und deine Besuche. Aber ich bin zurzeit nicht zu Hause. Denn ich habe meinen Rucksack gepackt und bin verreist. Sei mir bitte

nicht böse, dass ich mich nicht von dir verabschiedet habe. Aber es gibt jemanden, der auf mich wartet."

„Wer denn?", will Lea wissen.

Will zögert.

„Seine Mama und sein Papa", beantwortet Lea die Frage selbst.

„Stimmt", bestätigt Will.

Er schluckt und kann auf einmal nicht weitersprechen. Oft fragt er sich, ob Lea manchmal an den Unfall denkt, bei dem ihre Eltern gestorben sind, oder ob sie das alles längst vergessen hat.

„Lies weiter. Was hat er noch geschrieben?", drängelt Lea.

Will räuspert sich.

„Ich weiß nicht, wie lange ich fort sein werde", liest er. „Aber wenn ich zurückkomme, werde ich dir alles erzählen. Hab es gut, meine Schneebeerenprinzessin."

„Du auch", antwortet Lea. Sie greift nach Wills Hand. „Hilfst du mir, wenn wir morgen wieder zu Hause sind? Ich möchte dem Schneebären auch einen Brief schreiben!"

„Klar", versichert Will. „Aber jetzt wird erst mal geschlafen."

Er steht auf und geht langsam zur Tür.

„Mir fehlt mein Schneebär", murmelt Lea.

„Du ihm sicher auch. Pustekuss!", sagt Will leise und haucht einen Kuss über seine offene Hand in Leas Richtung.

Robins Recherchen

Als Will aus dem Wohnzimmer kommt und leise die Tür hinter sich schließt, sieht er Scarlet und Robin über das Laptop gebeugt am Küchentisch sitzen.

Scarlet schaut auf und winkt ihn herbei.

„Robin muss dir etwas zeigen“, sagt sie.

Robin rückt ein wenig zur Seite, so dass Will einen Blick auf den Bildschirm werfen kann.

„Es gibt nur ein einziges Bestattungsunternehmen in der Stadt“, klärt er Will auf. „Und das gehört Nicolas Sterling.“

Ein Klick mit der Maus, und jede Menge Bilder erscheinen: Das Firmenlogo „Nicolas Sterling – Bestattungen“, die Fassade eines Hauses, vermutlich das Bestattungsunternehmen, und immer wieder die Fotos eines Mannes: blass, eingefallene Wangen, graues Haar, Brille. Fast immer trägt er einen Mantel mit aufgeschlagenem Kragen. Einer seiner Schneidezähne blitzt, als wäre er aus Gold. Ein Foto zeigt ihn händeschüttelnd mit irgendwelchen wichtigen Persönlichkeiten. Alle lachen, nur er nicht.

„Das muss dieser Sterling sein“, sagt Scarlet.

„Da ist er! Das ist der Mann, den ich gesehen habe!“, ruft Will plötzlich ganz aufgeregt.

Er zeigt auf eines der Fotos am Bildschirm. Um ein aufgeschüttetes Grab herum stehen mehrere Frauen und Männer, offenbar eine Beerdigung. Einer der Herumstehenden mit auffälligem Bürstenhaarschnitt überragt alle anderen um mindestens eine Kopflänge.

„Da, das ist der Riese! Der aus dem Wagen gestiegen ist und dann mit den Jungs vor unserem Haus herumstand."
„Hier ist er noch einmal zu sehen", fällt Robin auf. „Und da ist auch der Leichenwagen!"
„Vielleicht ist er ein Mitarbeiter von Nicolas Sterling", überlegt Scarlet.
„Ja, das denke ich auch", sagt Robin. „Wollt ihr noch etwas sehen?" Die anderen nicken.
„Ich habe im Archiv unserer Lokalzeitung gestöbert und das hier gefunden", verkündet er stolz und öffnet eine neue Seite.
„Glaube, Hoffnung, Liebe" steht da in fetten Buchstaben, und darunter: „Nicolas Sterling, der Bestatter und König der Unterwelt."
Scarlet pfeift anerkennend durch die Zähne.
„Mit dem Bestattungsunternehmen ist er reich geworden", erzählt Robin. „Ihm gehören inzwischen mehrere Nachtklubs und Lokale."
„Steht das alles in dem Artikel?", fragt Scarlet.
Robin schüttelt den Kopf und grinst.
„Haben wir nicht einen, der Sterling heißt, in unserer Schule?", fragt Will.
„Ich hab' schon gedacht, ihr kommt gar nicht mehr drauf!", lacht Robin.
Scarlet sieht ihn mit großen Augen an.
„Ed Sterling. Klingelt es noch immer nicht?", fragt Robin.
Scarlet schlägt sich mit der flachen Hand auf die Stirn. „Er geht in deine Klasse!", ruft sie aus.

„Er sitzt sogar neben mir“, bestätigt Robin.
„Ist er mit diesem Nicolas Sterling verwandt?“
„Der ist sein Onkel.“
„Warum hast du uns das denn nicht gleich gesagt?“, fragt Scarlet.
„Weil ich zuerst selber nicht draufgekommen bin“, gibt Robin zu. „Das war's.“ Er gähnt und steht auf. „Ich bin müde. Zeit, ins Bett zu gehen. Ich hoffe, ihr könnt damit etwas anfangen. Bis morgen dann.“
„Bis morgen!“, antworten Will und Scarlet wie aus einem Munde.

„Das ist schon mal ein guter Anfang“, sagt Scarlet. „Morgen werde ich versuchen, etwas über Roy herauszufinden. Und Robin kann sicher Ed ein paar Informationen entlocken, wenn der schon sein Sitznachbar ist.“
Will nickt. „Gut“, sagt er „ich werde Lea morgen zur Schule bringen. Roy wird mich dort nicht suchen.“
„Komm danach besser wieder hierher und warte auf mich“, schlägt Scarlet vor.
„Aber irgendwann muss ich nach Hause“, sagt Will.
„Klar“, meint Scarlet. „Morgen wissen wir sicher mehr.“
Sie kann gar nicht anders, sie muss ihn ansehen. Sie sucht das Besondere in seinen Augen, ein Zeichen, einen Hinweis darauf, dass er zu denjenigen gehört, die anders sind als die anderen.
Will weicht ihrem Blick aus.
„Gute Nacht“, sagt er und geht ins Wohnzimmer.

So weit weg ...

Scarlet geht hinauf und klopft leise an Robins Tür.
„Ja?“, hört sie ihn von drinnen sagen.
Robin liegt schon im Bett. Er knipst die Nachttischlampe an und richtet sich auf.
„Ich habe gewusst, dass du noch kommst“, meint er und lächelt.
Sie setzt sich zu ihm aufs Bett.
Robin sieht sie an und wird wieder ganz ernst. „Du möchtest, dass ich dir helfe, stimmt's? Ich soll für dich etwas herausfinden, so wie früher, oder?“
Scarlet nickt. „So wie früher“, wiederholt sie und streicht Robin übers Haar. „Kannst du dich noch erinnern? Ich hab' dir vor längerer Zeit von Barns und den Jungen erzählt.“
„Barns? Dieser Typ, der in deinen Erinnerungen herumgestochert hat?“, fragt Robin nach.
Scarlet nickt. „Dieselben Jungen von damals wollen jetzt irgendetwas von Will, und der Leichenwagenfahrer steckt auch mit drin. Ich weiß noch nicht, wie das alles zusammengehört, aber ich bin sicher, dass der Riese für Eds Onkel arbeitet, vorausgesetzt, Eds Onkel ist tatsächlich der Bestatter.“
„Eds Onkel ist Bestatter, das weiß ich“, sagt Robin. „Ed will nämlich schon länger, dass ich ihn mal besuche, um mir die Leichen im Keller seines Onkels zu zeigen.“
„Wow!“, lacht Scarlet, „klingt ja echt gruselig!“
Robin nickt. Er versucht zu lächeln, doch es will ihm nicht

recht gelingen. „Weißt du noch, wie du mich in Scorpiohof losgeschickt hast, damit ich für dich spioniere?“, fragt er.
„Klar! Glaubst du, ich vergesse so etwas?“
Robin schluckt.
Es war damals eine schlimme Zeit für ihn. Sein Vater hatte ihn, weil er ihn loswerden wollte, an einen Magier verkauft, dessen Schüler er wurde. Als der Magier erkannte, dass Robin über keinerlei magische Fähigkeiten verfügte, wollte er ihn ebenfalls loswerden und verwandelte ihn deshalb in eine Katze. Anfangs wusste nicht einmal Scarlet, dass die Katze, die sie bei sich aufgenommen hatte, ein verzauberter Junge war. Erst nach und nach wurde ihr klar, dass mit dieser Katze etwas nicht stimmte. Durch Scarlets Hilfe konnte Robin seine menschliche Gestalt wieder annehmen. Doch anfangs war er unsichtbar. Unsichtbar zu sein ist beinahe so wie tot sein, hatte Robin damals gefunden, denn wenn niemand da ist, der weiß, dass es einen gibt, ist man ja praktisch wie tot. Scarlet war es auch gelungen, Robin wieder sichtbar zu machen. Sie hatte ihm alles zurückgegeben, was ihm genommen worden war. Allein das ist für ihn ein Grund, sie zu lieben. Und Scarlet erwidert seine Liebe.
Robin schluckt noch einmal. In letzter Zeit hat er häufiger das Gefühl, wieder unsichtbar zu sein. Er berührt Scarlet sanft am Oberarm, zieht sie an sich und legt seinen Kopf auf ihre Schulter.
Scarlet versteift sich.
„Du bist so weit weg. Du bist hier und doch nicht da“, murmelt Robin.

Scarlet löst sich aus seiner Umarmung.
Robin sieht sie durchdringend an.
„Natürlich bin ich hier. Wo sollte ich denn sonst sein?", sagt Scarlet unwirscher als beabsichtigt.
„Früher waren wir einander sehr nahe, wir haben uns sogar geküsst, hast du das schon vergessen?", fragt er. Seine Stimme ist jetzt nur noch ein Wispern.
Scarlet schüttelt energisch den Kopf. „Hab' ich nicht!"
Ihr wird ganz heiß. Die Traurigkeit in Robins Augen geht ihr unter die Haut. Fieberhaft überlegt sie, was sie sagen soll. Auf keinen Fall will sie ihn verletzen.
„Es ist nur ...", versucht sie eine Antwort zu finden. Doch statt weiterzusprechen, legt sie beide Hände auf Robins Schultern, zieht ihn an sich und drückt ihn ganz fest. Mit ihren Fingern streicht sie durch sein lockiges Haar.
„Ich hab' dich unendlich gern", flüstert sie ihm ins Ohr. „Du bist mein wundervoller, verträumter, wichtigster Freund."
„Aber?", fragt Robin tonlos.
Aber deine Gefühle erdrücken mich, Robin. Ich empfinde nicht genauso wie du. Denkt Scarlet. Doch sie sagt es nicht, sondern bleibt stumm. Sie kann es ihm nicht sagen. Das macht sie traurig und ratlos. Ihre Hände streichen weiter über Robins Rücken.
Sie bleiben lange so sitzen, bis sich Robin schließlich mit einem kaum hörbaren Seufzen von ihr löst.
„Okay. Ich werde Ed fragen, wann ich ihn besuchen kann. Er wird sich bestimmt freuen", sagt er dann und versucht, so heiter und unbeschwert wie möglich zu klingen.

„Danke“, sagt Scarlet. „Wir haben nicht viel Zeit.“
„Ich weiß.“ Robin nickt. „Wenn alles gut geht, kann ich Ed ja vielleicht schon morgen nach der Schule heimbegleiten.“
„Das wäre großartig!“, freut sich Scarlet.
Sie ist versucht, ihn noch einmal an sich zu drücken, doch stattdessen sagt sie nur „Danke“. Ihre Stimme klingt belegt. Sie steht auf und geht zur Tür. Mit einem letzen Blick auf Robin zieht sie die Tür hinter sich zu.
In dieser Nacht liegt Scarlet lange wach. Zu viele gegensätzliche Gefühle rumoren in ihrem Bauch, zu viele Gedanken kreisen wie ein Karussell ununterbrochen in ihrem Kopf.

Ein neuer Tag

Lea weckt Will mit lauter kleinen nassen Küssen, bis er endlich die Augen aufschlägt. Erst im zweiten Moment wird ihm klar, dass er nicht zu Hause in seinem Bett liegt. Noch ganz verschlafen steht er auf, und auf dem Weg ins Bad fühlt er sich etwas benommen.

Von unten duftet es bereits nach Kaffee, Kakao und frischen Semmeln.

Will ruft sich in Erinnerung, was alles passiert ist. Bei dem Gedanken, Scarlet wiederzusehen, fühlt er sich eigenartig beflügelt. Bleib am Boden, ermahnt er sich selbst.

Robin schüttet sich gerade Müsliflocken in eine Schale und gießt Milch darüber. Scarlet sitzt bereits am Tisch. Sie hat sich offenbar die Haare gewaschen, denn sie trägt das Handtuch wie einen Turban um den Kopf gewickelt. Als sie Will bemerkt, legt sie ihren Kopf schief und ihre Augen werden ganz schmal, so als würde sie gegen die Sonne blinzeln. Sie lächelt.

„Gut geschlafen?“, fragt sie.

Will nickt.

Da betritt George die Küche. Er geht auf Will zu und schüttelt ihm die Hand. „Willkommen bei uns, mein Junge“, sagt er herzlich.

„Das ist Onkel George“, klärt Lea ihn auf. Will starrt George an, doch er ist zu überrascht, um etwas sagen zu können.

„Möchte jemand frisch gepressten Orangensaft?“, erkundigt sich Meggie.

Lea setzt sich neben Will. Sie strahlt über das ganze Gesicht. Will überlegt, wie es gewesen sein könnte, mit seinen Eltern gemeinsam zu frühstücken, als sie noch am Leben waren. Ob es so ähnlich war wie hier? Ganz sicher war es anders als bei Selma und Marc. Wenn Will und Lea zu Hause frühstücken, ist Marc bereits aus dem Haus. Selma raucht am Balkon ihre erste Morgenzigarette. Danach verabschiedet sie sich und geht zurück ins Bett. Will und Lea räumen den Tisch ab und machen sich gemeinsam auf den Weg zur Schule.

Hier helfen alle mit beim Abräumen. Das Geschirr kommt in den Geschirrspüler, und Meggie beutelt die Brösel aus dem Fenster.

„Und wisst ihr, was das Beste ist?", meint George, der den Tisch abwischt. „Die alte Mistkarre läuft wieder! Das heißt, dass ich euch alle zur Schule bringen kann!"

Robin ist der Einzige, der reagiert. „Yeah!", ruft er.

In der alten Mistkarre wird es eng, weil auch Meggie mitfährt. Robin, Scarlet, Will und Lea sitzen auf dem Rücksitz. Zu viert hinten zu sitzen ist eigentlich verboten, doch George scheint das nicht weiter zu stören.

Will spürt Scarlet neben sich. Ihre Hände und Füße berühren sich. Er muss daran denken, wie sie beim Versteckspiel nebeneinander unter dem Bett gelegen sind.

Scarlet hätte es lieber gesehen, wenn Will zu Hause geblieben wäre. Doch ohne Will wäre Lea nicht mitgekommen. Sie hat Will einen Hausschlüssel mitgegeben. Nachdem er Lea sicher in der Schule abgeliefert hat, soll er

den Vormittag in Scarlets Zimmer verbringen. So ist es ausgemacht.
Lea bedankt sich, als sie aussteigen. Sie ist ein Mädchen, das nie daran erinnert werden muss, Danke zu sagen. Sie freut sich aufrichtig, wenn die anderen bemerken, dass sie da ist. Was immer man ihr auch gibt oder anbietet – für Lea ist es immer etwas Besonderes.
Dann fährt die alte Mistkarre davon, und Will und Lea sehen ihr nach. Überall um sie herum bleiben Autos stehen und Schulkinder steigen aus. Die meisten der Autos sind groß, mit Sitzen aus Leder und schnittigen Scheinwerfern, die aussehen wie die Augen gefährlicher Tiere. „Bis heute Nachmittag", sagt Lea. Will beugt sich zu ihr hinunter, drückt sie fest und küsst sie auf die Wange. Sie läuft los, bleibt dann aber abrupt stehen, dreht sich noch einmal zu Will um und hält die geöffnete Hand vor ihren Mund.
„Pustekuss", ruft Will und schickt ihr einen Pustekuss zurück.
Dann macht er sich auf den Rückweg.
Aufmerksam sucht er die Straße in beide Richtungen ab. Weit und breit ist kein Roy zu sehen und auch sonst niemand, der ihm aufzulauern scheint. Die Luft ist klar, wie nach einem Sommerregen. Seine Sinne sind geschärft und er ist sicher, dass ihm nichts entgehen wird. Eine ungewohnte Aufregung hat ihn erfasst, als hätte er so etwas wie eine Vorahnung. Ob irgendetwas mit ihm nicht stimmt? Er kann sich nicht erklären, was es ist.
Vielleicht hat es ja etwas mit Scarlet zu tun.

Vielleicht übertreibt sie und bildet sich das alles nur ein. Wenn dieser Roy ihn einfach nur etwas fragen wollte und Scarlet aus einer Mücke einen Elefanten gemacht hat?
Wills Finger umklammern den Hausschlüssel in seiner Hosentasche. Er will nicht in Scarlets Zimmer warten. Warten, das ist überhaupt nicht so sein Ding …

Planänderung

Scarlet und Robin verabschieden sich in der Schulgarderobe voneinander. Für Sekunden sind sie die beiden Verschworenen von einst. Scarlet würde viel lieber noch länger mit Robin sprechen. Doch der hat es wieder einmal eilig, in seine Klasse zu kommen.

Ihre Klassenkolleginnen und -kollegen stehen in Grüppchen beisammen. Scarlet hat es noch nie darauf angelegt, zu irgendeiner dieser Gruppen zu gehören.

Der Mathematiklehrer betritt den Raum, und der Unterricht beginnt. Scarlet ist völlig unkonzentriert und kann kaum folgen. Nach der zweiten Stunde packt sie ihre Sachen zusammen. Es hat keinen Sinn, noch länger in der Schule zu bleiben, sie kann weder zuhören noch irgendwelche klaren Gedanken fassen.

Mit schnellen Schritten verlässt sie das Gebäude. Wachsam hält sie Ausschau nach allen Jungen, die älter sind als sie selbst.

Zähflüssig schiebt sich der Verkehr durch die Straßen. Auf den Gehsteigen tummeln sich die Menschen, es ist laut und lebendig und sehr voll. Scarlet biegt in die nächste Seitengasse ein. Dort wird es schlagartig ruhiger. Sie geht in den kleinen Park am Ende der Gasse und kommt an einem Spielplatz vorbei, wo Kinder in einer riesigen Sandkiste spielen. Mütter und Väter sitzen auf den Bänken ringsum und unterhalten sich angeregt miteinander, ohne ihre Kinder dabei aus den Augen zu lassen.

Plötzlich bleibt Scarlet wie angewurzelt stehen. Ein Hund ist wie aus dem Nichts aufgetaucht und steht direkt vor ihr. Er schnüffelt an ihren Schuhen und Beinen herum. Trotz des Schreckens schiebt sie seinen Kopf ganz langsam weg. Da ertönt von irgendwoher ein Pfiff. Der Hund horcht auf und verliert sein Interesse an Scarlet. Tollpatschig mit scheinbar viel zu langen Beinen und fliegenden Ohren rennt er davon. Scarlet atmet erleichtert auf.
Gleich hinter dem Park ist auch schon das große Gebäude in Sicht, das im Parterre die Bibliothek und auf den Etagen darüber die Büros der magischen Wächterinnen und Wächter beherbergt. Scarlet überkommt ein leichtes Schwindelgefühl. Von außen sieht das Haus aus wie immer, unscheinbar und schnörkellos. Ob sich drinnen etwas verändert haben mag?
Sie zögert, bevor sie ihre Hand auf die Türschnalle legt. Doch dann gibt sie sich einen Ruck.
Die Tür ist verschlossen. Scarlet steht irritiert davor.
Eine Stimme hinter ihr lässt sie herumwirbeln.
„Du bist noch zu früh", klärt eine alte Frau sie auf und zeigt auf ein Schild mit den Öffnungszeiten. Scarlet klemmt verlegen eine Strähne ihrer ungebändigten Haare hinters Ohr.
„Oh, richtig", sagt sie, „vielen Dank!"
Um die Wartezeit zu verkürzen, beschließt Scarlet spontan, sich einen Schokoladenriegel beim Kiosk ums Eck zu kaufen. Sie hat schon lange keinen Schokoladenriegel mehr gegessen. So lange nicht, dass sie beinahe vergessen hat, wie gut Schokolade schmeckt. Sie zergeht ihr auf der Zunge.

Schokolade ist Liebesersatz, das hat sie mal gehört. Jedenfalls spendet Schokolade Energie. So wie Traubenzucker.
Magie bedeutet auch Energie, aber sie kann gefährlich werden. Gemurmelte Worte, kaum wahrnehmbare Gesten können wie ein Sturm anwachsen, der in eine Glut fährt und Feuer entfacht. Scarlets magische Fähigkeiten verleihen ihr Macht über dieses Feuer. Das, und noch viel mehr, hat sie gelernt. Doch ihr scheint, als wäre das eine Ewigkeit her. Im Moment spürt sie nicht einmal mehr die magische Glut. Innerlich hat sie mit alledem abgeschlossen. Sie bemüht sich nach Kräften, ein möglichst normales Leben zu führen.
Die Frau steht noch immer vor der Bibliothek und wartet. Sie schenkt Scarlet ein anerkennendes Lächeln.
„Wie schön, dass es noch junge Menschen gibt, die sich Bücher ausborgen“, bemerkt sie.
Scarlet nickt und lächelt zurück. Sie denkt an Will und hofft, dass er ihren Rat befolgt hat und nicht auf eigene Faust weitere Erkundigungstouren unternimmt. Sie denkt auch an Robin und ihr wird klar, dass sie Schuldgefühle ihm gegenüber empfindet.
Ob Robin etwas Interessantes herausfinden wird, wenn er Ed besucht?
Ein Geräusch hinter der Tür reißt sie aus ihren Gedanken. Sie hört, wie sich ein Schlüssel im Schloss dreht. Scarlet lässt der freundlichen Frau den Vortritt.

Aus dem Hinterhalt

Als Scarlet die Bibliothek betritt, fällt ihr als Erstes auf, dass es anders riecht als früher. Lady Blue hat immer Tee getrunken, deshalb duftete es hier immer nach Vanille und verschiedensten Kräutern. Ihr Schreibtisch ist unbesetzt. Arbeitet Lady Blue etwa nicht mehr hier? Ist sie tatsächlich in Pension gegangen, oder ist sie gar gestorben? Vielleicht gibt es auch den geheimen Aufgang zum Büro der Wächter gar nicht mehr?

Unsicher sieht sich Scarlet um. Eine junge Frau, die gleich nach ihr mit einem Kind an der Hand in die Bibliothek gekommen ist, hat sich in eine Leseecke gesetzt. Sie beginnt, dem Kind aus einem Bilderbuch vorzulesen. Die ältere Frau von vorhin steht vor einem Regal und muss sich auf ihre Zehenspitzen stellen, um ein bestimmtes Buch herauszuziehen.

Scarlet weiß noch, wie man zu dem Aufzug ins Büro der Wächter gelangt, und sie macht sich rasch auf den Weg. Sie findet die Tür sofort wieder. Nichts hat sich verändert. Plötzlich räuspert sich direkt hinter ihr jemand. Scarlet fährt herum. Ein Mann steht nun unangenehm nah vor ihr. Er ist hager und unrasiert. Sein rechtes Ohr ist gepierct. Er trägt eine dunkle Brille, so dass Scarlet seine Augen nicht sehen kann. Er ist eindeutig ein Magier. Sein Atem riecht schlecht, als er den Mund aufmacht.

„Junge Dame“, erklärt er mit falscher Freundlichkeit. „Das WC befindet sich auf der anderen Seite.“

„Ich weiß“, antwortet Scarlet knapp. Sie weicht nicht von der Stelle.
Er deutet auf den Zettel an der Tür. „Für Personal“, liest er ihr vor. „Ich schätze, du kannst lesen.“
„Klar kann ich lesen“, erwidert Scarlet ärgerlich. „Direktor Rubens erwartet mich“, fügt sie rasch hinzu. Das ist glatt gelogen, zeigt aber Wirkung.
Der Rücken des Magiers strafft sich, als er Scarlet nun eingehend mustert.
„Tatsächlich?“, fragt er und zupft sich am Kinn. „Das lässt sich nachprüfen. Sag mir deinen Namen.“
„Scarlet“, sagt Scarlet und versucht, hinter der Brille die Augen des Magiers zu erkennen.
„Also gut. Du wartest hier, Scarlet, und rührst dich nicht von der Stelle“, befiehlt er in einem Ton, als würde er mit einem ungezogenen Kind sprechen.
Scarlet nickt und beißt die Zähne zusammen. Sie hätte ihm liebend gerne irgendetwas Unhöfliches gesagt. Sobald er außer Sichtweite ist, öffnet sie die Tür. Von wegen warten!
Das Kämmerchen, in dem die Putzmittel aufbewahrt werden, heißt sie willkommen. Die Lampe an der Decke geht an. Das Licht flackert. Scarlet drückt auf den kleinen Knopf an der Wand. Alles funktioniert wie immer. Die Wand schiebt sich zur Seite, rastet ein, und die Tür zum Lift erscheint.
Scarlet will sie gerade öffnen, da wird sie grob von hinten gepackt. Der Magier zerrt sie aus der Kammer.
„Ich habe gesagt, du sollst hier warten“, zischt er böse.
Er hält sie fest und schiebt sie durch den Korridor zwischen

den Bücherregalen vor sich her. Vor einer weißen Tür bleibt er stehen. Aus den Augenwinkeln erkennt Scarlet das bestürzte Gesicht der alten Frau.
„Direktor Rubens weiß nichts über ein vereinbartes Treffen mit dir, aber hier ist jemand, der sich sehr gerne mit dir unterhalten will", sagt er.

Riesige Freude

Es gibt viele Mittel und Wege, den Stempel des Außenseiters aufgedrückt zu bekommen. In Robins Fall ist es der Mathematiklehrer, der einen wesentlichen Teil dazu beigetragen hat.

Der Lehrer nutzt jede Gelegenheit, seinen Schülern vorzuhalten, dass sie nicht kapieren, was er ihnen mühevoll zu erklären versucht. „Ihr seid nichts als Wiederkäuer“, so lautet einer seiner Standardsätze. Doch er versäumt es auch nie anzumerken, dass es eine Ausnahme in der Klasse gibt: nämlich Robin, das Mathematikgenie, sein Liebling, der Einzige, der ein Gefühl für Zahlen hat und mit ihnen jonglieren kann.

Ed Sterling hingegen ist leicht reizbar und stets geladen wie eine tickende Bombe. Sogar Erstklässler machen sich einen Spaß daraus, Ed hochgehen zu lassen. Da er obendrein auch die Statur eines Erstklässlers hat, wird er nicht einmal gefährlich, wenn er explodiert.

Robin und Ed teilen also nicht nur die Schulbank, sondern auch die Verachtung der anderen.

Als Robin in die Klasse kommt, hat sich eine Gruppe von Mitschülern vor einem der Fenster versammelt. Robin hält Ausschau nach Ed, kann ihn jedoch nirgends entdecken.

Bitte lass ihn nicht ausgerechnet heute krank sein!, fleht Robin stumm.

Robin ist dankbar für jede Situation, in der er Scarlet irgendwie helfen kann. Er sehnt sich so sehr nach der Vertrautheit mit ihr. Er fühlt sich ihr verbunden, und ihre Nähe fehlt ihm schmerzlich. Sie würden wieder ein Team werden. Er wünscht sich von Herzen, dass es zwischen ihnen wieder so wird wie früher. Dafür würde er alles tun.

Die Gruppe am Fenster amüsiert sich über irgendetwas. Ein paarmal fällt Eds Name. Robin geht ein wenig näher auf die Gruppe zu in der Hoffnung, etwas mehr aufzuschnappen.

Ein Mädchen namens Kristin dreht sich zu ihm um.

„Hallo Robin", sagt sie, „willst du uns etwa bespitzeln?"

Robin schüttelt den Kopf.

„Habt ihr Ed gesehen?", fragt er.

„Haben wir", antwortet Raoul und grinst. Er ist der Klassensprecher und genießt hohes Ansehen.

„Leider mussten wir ihn skalpieren", kichert Anna und hält ein Büschel Haare in die Höhe. „Deshalb ist er ausgerastet." Ihre Augen werden groß wie Murmeln, und in jedem ihrer Worte schwingt Dramatik. „Er hat Susanne so fest an den Haaren gezogen, dass sie Kopfweh bekommen hat und nach Hause gegangen ist. Ed holt sich gerade eine Standpauke ab." Sie wendet sich wieder den anderen zu, die die Köpfe zusammenstecken und flüstern, damit Robin nichts mehr hören kann.

Ed kommt zurück in die Klasse und setzt sich, ohne ein Wort zu sagen, auf seinen Platz. Robin kann die Stelle an seinem Hinterkopf sehen, wo ihm das Haarbüschel abgeschnitten worden ist. Eds Wangen sind feuerrot.

Da der Unterricht bereits begonnen hat, kann Robin erst in der nächsten Pause mit ihm reden.

„Ich hab' schon genug Scheiße erlebt, jetzt musst du mich nicht auch noch verarschen!", empört sich Ed, als Robin den Vorschlag macht, ihn nach der Schule zu besuchen.
„Das ist ernst gemeint", beteuert Robin.
„Ehrlich? Du willst mich besuchen?", fragt Ed noch immer ungläubig. „Aber wieso ausgerechnet heute?"
„Ach, einfach so."
Ed starrt Robin an. Dann wendet er sich ab, als müsste er in Ruhe darüber nachdenken. „Okay", sagt er schließlich. „Dann ist heute ja doch noch ein guter Tag." Er grinst. Die Aussicht auf Robins unverhofften Besuch scheint ihm immer besser zugefallen. „Ich bekomme Besuch! Ich bekomme Besuch!", verkündet er so laut, dass ihn alle in der Klasse hören können. „Verdammt, ist das irre! Ich hätte nie gedacht, dass du mich das fragen würdest", gesteht er.
Und Robin hätte nie gedacht, dass sich Ed dermaßen darüber freuen würde.
„Du kannst auch bei uns essen. Missy Elliott kocht immer für eine ganze Kavallerie."
„Missy Elliott?", fragt Robin.
„Ja", sagt Ed, „unsere Haushälterin, ich nenne sie so, weil sie eine coole Stimme hat, so richtig rauchig, wie die amerikanische Rapperin, verstehst du? Wissen deine Eltern Bescheid?"
„Klar", versichert Robin und hofft, dass er glaubwürdig klingt. Meggie weiß bloß, dass es sein kann, dass er erst später nach Hause kommt. Aber Meggie ist in allem völlig unkompliziert. Sicherheitshalber schreibt er ihr eine SMS.

Der Chauffeur

Nach der letzten Stunde verlassen sie beide gemeinsam das Schulgebäude. Ed strahlt vor Stolz.
„Wir müssen ein Stück die Straße hinuntergehen“, erklärt er. „Dort wartet mein Chauffeur.“
Robin hat schon mitbekommen, dass Ed immer von der Schule abgeholt wird, aber er hat angenommen, dass es sich dabei um seinen Vater handelt.
Ed kann man nicht alles glauben. Er hat auch oft erzählt, er wohne in einem Schloss. Wegen seiner Angebereien wird er von allen nur belächelt.
„Magst du Musik?“, erkundigt sich Ed. „Ich habe nämlich eine Kassettensammlung“, erzählt er weiter, ohne Robins Antwort abzuwarten. „Heute hört niemand mehr Kassetten. Aber ich finde Kassetten cool“, erzählt er.
„Stimmt“, sagt Robin, obwohl er weder besonders gern Musik hört noch sich etwas aus Kassetten macht. Robin wundert sich, dass Ed auf einmal so redselig ist. In der Schule haben sie bislang noch kaum miteinander gesprochen.
Ed hält vor einem langen, dunklen Fahrzeug an. Die Fahrertür öffnet sich, und ein Riese mit Bürstenhaarschnitt steigt aus. Robin erkennt ihn sofort. Er ist der Mann auf dem Foto, der, der hinter Will her ist, der Typ mit dem Leichenwagen.
„Hallo Koi“, begrüßt Ed den Chauffeur und deutet einen Diener an.
„Das ist mein Freund“, stellt er Robin vor. „Er kommt zu mir zu Besuch.“

Koi nickt, öffnet die hintere Tür des Wagens und fordert die beiden Jungen mit einer Handbewegung auf, einzusteigen. Robin zögert. Mit einem Mal ist er sich nicht mehr so sicher, ob das, was er vorhat, wirklich eine gute Idee ist.
Ed grinst ihn aufmunternd an. „Komm schon. Die Leichen werden hinten befördert, hier drinnen ist es clean. Oder hast du es dir anders überlegt?"
Robin schüttelt den Kopf und nimmt neben Ed Platz. Koi startet den Motor und manövriert das lange Gefährt aus der Parklücke.
Robin wirft einen Blick auf Ed. Er hat mich als Freund vorgestellt, denkt er, ich habe in ihm noch nie einen Freund gesehen.
„Das ist ein amerikanischer Leichenwagen", erklärt Ed stolz. „Mein Onkel hat ihn mit dem Schiff übers Meer bringen lassen."
Der Wagen selbst ist wie ein Schiff, so kommt es Robin jedenfalls vor. Zwischen ihnen und Koi, dem Chauffeur, befindet sich eine Glasscheibe. Trotzdem flüstert Ed, als er weiterspricht. „Koi ist aus dem Kosovo. Er war dort im Krieg und hat Leute erschossen. Kannst du dir vorstellen, jemanden zu erschießen?"
Wie kommt Ed darauf?
Robin schüttelt den Kopf. „Natürlich nicht!"
„Ich auch nicht", meint Ed.
Robin überlegt, wie er mehr über den Fahrer des Leichenwagens in Erfahrung bringen kann, beschließt jedoch, dass es jetzt noch zu früh ist, um Fragen zu stellen.

Sie halten an einer Ampel, bis sie auf Grün springt, dann rollt der Wagen geschmeidig weiter. Der Motor gurgelt sanft. Koi fährt mit dem eleganten Wagen wie auf Schienen. George hingegen treibt seine alte Mistkarre wie einen bockigen Esel an. Was für ein Unterschied!, denkt Robin und muss lächeln.

Vor einem schmiedeeisernen Tor bremst Koi, das Tor öffnet sich von selbst. Ein Kiesweg führt bis vor das Haus. Das Haus ist zwar kein Schloss, aber es hat mindestens zwei Stockwerke, hohe Fenster und Balkone.

Robin merkt, wie seine Hände schwitzen, er wischt sie an der Hose ab.

Koi öffnet den Jungen die Autotür und lässt sie aussteigen. Die Kieselsteine knirschen unter ihren Sohlen, als sie auf das Haus zustapfen.

Fast wie im Kino …

Sie treten ein. Drinnen ist es still und kühl. Der Boden der riesigen Eingangshalle ist aus Marmor. Ein Mann im Anzug steht vor einer breiten Treppe und nickt ihnen fast unmerklich zu.

„Security!“, entfährt es Robin.

Ed nickt.

„Komm!“, fordert er Robin auf, der sich vom Anblick des Mannes gar nicht losreißen kann. Ed führt Robin quer durch die Halle in einen Korridor. Vor einer geöffneten Tür bleiben sie stehen.

„Missy Elliott!“, ruft Ed.

Zögernd folgt Robin Ed in eine große Küche, in der Töpfe mit brodelnden Flüssigkeiten auf einem Metallherd stehen. Es dampft so sehr, dass die Fenster beschlagen sind.

Aus einem Nebenraum kommt eine Frau, beide Arme voller Lebensmittel. In dem Sonnenstrahl, der gerade durchs Fenster fällt, flammt ihr rotes Haar wie Feuer auf.

„Hallo Ed!“, begrüßt sie den Jungen. „Oh, ich sehe, du hast jemanden mitgebracht.“

„Robin geht in meine Klasse“, erklärt Ed. „Er ist zu Besuch da, und er hat großen Hunger.“

Robin wehrt verlegen ab.

„Kann er bei uns essen?“

Die Frau lächelt. „Ja, natürlich“, sagt sie und wendet sich Robin zu. „Ich würde dir ja gerne die Hand geben, aber das ist im Augenblick etwas schwierig.“

Ihre Stimme klingt weich wie Samt, denkt Robin.
Ed scheint es eilig zu haben, und sie verabschieden sich von Missy Elliott.
Sie gehen an der Security vorbei die breite Treppe hinauf ins obere Stockwerk. In den Gängen hier oben ist es kühl. Ausgelegte Teppiche schlucken die Geräusche ihrer Schritte. Vor einer der Türen bleibt Ed stehen.
„Voilà“, sagt Ed, „mein Zimmer.“
Er öffnet die Tür und lässt Robin eintreten. Das Zimmer ist hell. Eines der großen Fenster ist einen Spaltbreit offen. Sanfter Wind weht herein und bewegt die seidenen Vorhänge. Ein riesiges Bett nimmt beinahe die Hälfte des Raumes ein. Enorme Ausmaße hat auch der Flachbildfernseher an der Wand.
„Wow!“, stößt Robin aus, „das ist ja wie im Kino!“
Damit könnte Ed wirklich angeben.
Über dem Schreibtisch kleben Poster von Musikern. Daneben, in schmalen schwarzen Regalen mit vielen kleinen Fächern, stecken Hunderte Musikkassetten.
„Was für Musik hörst du denn gerne?“, erkundigt sich Ed.
Robin zuckt mit den Schultern. Er hört so selten Musik, dass er gar nicht sagen kann, was ihm gefällt.
„Irgendetwas Ruhiges“, sagt er schließlich.
Ed wählt eine Kassette aus und steckt sie in das Gerät, das auf seinem Schreibtisch steht.
Robin tut so, als würde er sich in Eds Zimmer umsehen, doch in Wahrheit überlegt er, wie er das Gespräch auf Koi lenken kann. Mit Koi möchte er beginnen. Er entscheidet sich für den direkten Weg.

„Wie ist denn Koi zu euch gekommen?“, fragt er und hofft, dass ihm seine Frage locker genug gelungen ist.
„Koi?“ Ed grinst. „Ich habe dir ja schon erzählt, dass er im Krieg war. Er ist verwundet worden, ein glatter Durchschuss im Oberarm. Er hat mir die Narbe gezeigt. Wenn du willst, kannst du sie sicher auch sehen. Sein Haus ist zerstört worden, und seine Frau wurde getötet. Durch den Krieg hat er alles verloren. Er ist hierhergekommen in der Hoffnung auf einen Neubeginn. Doch er hat keine Aufenthaltsgenehmigung bekommen, also auch keine Arbeitserlaubnis. Anfangs hat er sich mit Gelegenheitsjobs über Wasser gehalten. Doch dann ist er auf die schiefe Bahn geraten. Er hat sich auf Einbrüche spezialisiert. In unser Haus einzubrechen, war keine gute Idee. Mein Onkel besitzt einige Bars und Nachtlokale. Einen Großteil seiner Feinde hat er selbst begraben.“
Robin schaudert.
„Ist dir aufgefallen, dass das gesamte Haus überwacht wird?“, fährt Ed fort. „Koi wurde schon beim Versuch, hier einzubrechen, erwischt. Die Männer meines Onkels haben ihn übel zugerichtet, das kannst du mir glauben. Zum Glück ist mein Onkel dazwischengegangen. Er hätte die Polizei rufen oder Koi gleich von einem seiner Männer erschießen lassen können. Doch er hat weder das eine noch das andere getan. Stattdessen hat er ihm einen Job angeboten.“ Ed grinst. „Seitdem ist Koi bei uns. Er hat schon so viele Leichen gesehen, dass es für ihn kein Problem ist, in einem Bestattungsunternehmen zu arbeiten. Inzwischen ist Koi der ständige Begleiter meines Onkels und mehr Freund als Mitarbeiter.“

„Coole Geschichte", sagt Robin.
„Gefällt dir die Musik?", fragt Ed.
Robin nickt, obwohl er noch gar nicht darauf geachtet hat.
„Arbeitet dein Onkel noch als Bestatter?", fragt Robin weiter.
„Wird das hier jetzt eine Fragestunde?", fragt Ed zurück.
Robin beißt sich auf die Zunge und schüttelt den Kopf.
„Ja", sagt Ed. „Aber ich kann dir keine Leichen zeigen. Mein Onkel hat das Unternehmen einem Geschäftsführer übergeben. Nur hin und wieder übernimmt er eine Verabschiedung. Früher durfte ich ihm sogar helfen. Er hat mir gezeigt, wie die Toten gewaschen und angezogen werden. Sie werden sogar rasiert und geschminkt. Barthaare wachsen auch nach dem Tod weiter. Hast du schon einmal einen Toten gesehen?"
Robin schüttelt wieder den Kopf.
„Ich habe schon viele gesehen. Mein Onkel wollte immer, dass sie so aussehen, als wären sie friedlich eingeschlafen. ‚Man muss Respekt vor den Toten haben', hat er immer gesagt. Ich finde, tote Körper sind nur Hüllen. Wenn jemand stirbt, bleibt diese Hülle von ihm über. Einen Toten zu schminken, ist, als würde man eine leere Konservendose schmücken. Wenn ich einmal das Geschäft von meinem Onkel übernehme, mache ich es anders. Was macht dein Vater?"
Eds Frage kommt so plötzlich, dass Robin nicht weiß, was er sagen soll. Nicht einmal mit Scarlet hat er darüber gesprochen. Er schluckt.
„Mein Vater lebt in einem Dorf im Süden", beginnt er dann

stockend zu erzählen. „Er hat mich zur Schule geschickt, und seitdem habe ich ihn nicht mehr gesehen."
„Wolltest du ihn denn nicht wiedersehen?"
Robin spürt, wie ihm das Blut in die Wangen steigt.
„Du musst nicht darüber reden", sagt Ed verständnisvoll. „Bestatter zu sein, finde ich cool, aber ansonsten möchte ich nie so werden wie mein Onkel", erzählt er rasch weiter, um vom Thema abzulenken. „Vor Missy Elliott war eine andere Frau bei uns, die hieß Marie. Marie hat meinen Onkel geliebt, und er hat ihr gekündigt."
„Warum?", will Robin wissen.
„Weil er sie auch geliebt hat."
„Das verstehe ich nicht."
„Ich auch nicht", sagt Ed. „Er hat mir erklärt, dass Liebe verletzbar macht. Dass sie ist wie ein Schwachpunkt. Man hat dann eine wunde Stelle. Aber mein Onkel muss stark sein. Er hat viele Konkurrenten und Feinde. Und er hat Angst, all das zu verlieren, was er mit Mühe aufgebaut hat. Und weißt du, wovor er am meisten Angst hat?" Ed macht eine Pause und beantwortet dann seine Frage selber. „Vor dem Tod. Obwohl er mit dem Tod eng zusammenarbeitet und viel Geld mit ihm verdient hat. Er glaubt, dass er alles in der Hand hat, nur seinen Tod nicht. Das macht ihn fertig. Ist doch verrückt, findest du nicht?"
Robin nickt.
„Singst du gerne Karaoke?", fragt Ed und schiebt, wieder ohne Robins Antwort abzuwarten, eine CD in die Spielkonsole. Dann schnappt er sich ein Mikrofon.

„Hey, das macht Spaß! Du kannst auch ein Mikro haben."
Doch Robin wehrt ab.
Ed wählt einen Song aus und beginnt zu singen.
„Love me tender, love me sweet, never let me go …"
Seine Stimme ist tief und kräftig. Robin kann fast nicht glauben, dass Ed selbst singt.
„Wow!", sagt er, aufrichtig beeindruckt.

Die Verwechslung

In dem Moment wird Eds Zimmertür aufgerissen. Zwei Männer in Anzügen stürmen herein, ein Dritter bleibt vor der Tür stehen.

Ed dreht augenblicklich die Musik ab. Die Männer gehen geradewegs auf Robin zu, der neben Ed am Bett sitzt. Sie packen ihn links und rechts an den Oberarmen und zerren ihn hoch.

„Das ist nur mein Freund", beeilt sich Ed zu erklären. Er stellt sich schützend vor Robin. Ein vierter Mann betritt das Zimmer. Robin erkennt ihn sofort, es ist Nicolas Sterling. Breitbeinig und mit zusammengekniffenen Augen betrachtet er Robin. Sein Brustkorb hebt und senkt sich.

„Will Turner!", stößt er keuchend hervor.

Robin zuckt zusammen.

„Du bist Will Turner! Habe ich recht?"

„Nein, nein, nein! Das ist Robin, er geht in meine Klasse, er sitzt neben mir", erklärt Ed hastig. „Du hast doch immer gesagt, ich soll meine Freunde mitbringen." Eds Stimme ist ganz schrill, seine Worte überschlagen sich fast.

Robin ist viel zu erschrocken, um selbst etwas zu sagen. Er hat das Gefühl, dass seine Zunge dick angeschwollen ist und sein Mund staubtrocken. „Will Turner", hallt es in seinem Kopf wider.

Nicolas Sterling macht eine rasche Handbewegung, und die Männer lassen Robin endlich los.

Robin sackt zurück aufs Bett und reibt sich die Oberarme.

Sie schmerzen an den Stellen, an denen er hart festgehalten wurde.
„Das ist nicht Will Turner?“, fragt Sterling an Ed gewandt. „Bist du dir da auch sicher?“
Robin und Ed schütteln gleichzeitig den Kopf.
Sterling schnaubt wütend. „Ich möchte, dass du mich rechtzeitig informierst, wenn du jemanden mit nach Hause bringst!“
Seine wässrigen Augen schimmern kalt, seine Worte sind scharf wie Rasierklingen. Er mustert Robin noch immer voller Misstrauen. Nur langsam scheint er sich zu beruhigen. Sein Blick wandert noch einmal durch das Zimmer, dann wendet er sich ab.
Robin kann gar nicht fassen, was da gerade passiert ist. In dem Moment entdeckt er eine kleine Kamera über der Tür. Sie wurden also die ganze Zeit über beobachtet! Und Nicolas Sterling hat ihn für Will Turner gehalten. Aber das ist noch nicht alles. Robin hat diesem Mann in die Augen gesehen, und er hat die Angst darin erkannt, die Angst, vor ihm, vor Will Turner.
Ed, der vorher noch aus voller Kehle gesungen hat, sitzt in sich zusammengesunken da.
„Ich habe noch nie jemanden zu mir nach Hause eingeladen“, sagt er und zieht Luft durch die Nase. „Warum muss er alles zerstören? Darf ich keine Freunde haben?“
Ed wischt sich über die Wange und dreht sich dann verlegen weg.
Robin würde ihn gerne aufmuntern, ihm sagen „Du singst

so gut, dass du bei jeder Fernsehshow mitmachen könntest", oder dass er noch nie jemandem von seinem Vater erzählt hat und dass er, Robin, das Gefühl hat, sie könnten tatsächlich Freunde werden, richtige Freunde. Doch stattdessen stellt er Ed eine Frage, die einzige jetzt wirklich wichtige Frage:

„Warum hat dein Onkel geglaubt, dass ich Will Turner bin?"

Ed hebt den Kopf. Er sieht Robin einen Moment lang schweigend an. Dann beginnt er zu erzählen.

„Das ist eine verrückte Geschichte", sagt er.

„Du erzählst lauter verrückte Geschichten", meint Robin.

Ed muss grinsen. „Ich habe dir ja schon erzählt, dass die größte Angst meines Onkel die vor dem Tod ist. Nun hat irgendwer ihm erzählt, dass es einen geheimnisvollen Jungen gibt, der die Zukunft vorhersagen kann. Kein Witz! Alle Vorhersagen dieses Jungen haben sich erfüllt. Mein Onkel hat ihn herholen lassen. Ich habe ihn auch gesehen, der ist höchstens acht oder neun Jahre alt, ziemlich pummelig und mit Pickeln im Gesicht." Ed beugt sich vor. „Und jetzt halt dich fest. Dieser Zwerg hat meinem Onkel gesagt, dass Will Turner derjenige ist, der ihm das Leben nehmen wird. Ist das nicht abgefahren?"

Robin starrt Ed an.

„Und das Abgefahrenste ist, mein Onkel glaubt fest daran."

„Geht es da wirklich um den Will Tuner, der in unsere Schule geht?", fragt Robin, fassungslos darüber, dass jemand so etwas behaupten und dass jemand so etwas glauben kann.

Ed nickt.

„Tut mir leid, Ed“, sagt Robin dann abrupt, „aber ich muss jetzt gehen.“

Ed sieht ihn verständnislos an. „Wegen meinem Onkel? Er tut dir nichts, versprochen! Das Essen wird gleich fertig sein, und danach könnten wir eine Runde ums Haus machen“, schlägt er vor.

„Ich habe … noch etwas zu erledigen“, entgegnet Robin.

„Verstehe“, sagt Ed und lässt den Kopf hängen. „Das ist alles viel zu durchgeknallt, oder?“

„Nein, ist es nicht. Es ist echt toll hier!“, sagt Robin und merkt selbst, dass das nicht aufrichtig klingt.

Doch Ed hört Robin gar nicht mehr zu. Er nimmt das Mikrofon in die Hand und wählt einen Song.

Robin hört ihn noch, als er bereits durch die Eingangshalle das Haus verlässt. Den Ed, den er da gerade erlebt hat, hat er vorher nicht gekannt. Sie könnten Freunde werden. Dann würde auch Robin ihm von seinem verrückten Leben erzählen.

Robin hofft inständig, dass er Ed nicht zu sehr vor den Kopf gestoßen hat. Aber er muss jetzt einfach so schnell wie möglich mit Scarlet reden. Wenn sie doch nur ein Handy hätte! Dann könnte er sie auf der Stelle anrufen.

Im Fluss der Magie

Scarlet ist wütend auf sich selbst. Sie hätte sich nie so herumschubsen lassen dürfen. Dieser widerwärtige, unfreundliche Magier hat sie einfach in diesen Raum verfrachtet.
Sie fasst sich an den Arm, der vom harten Griff des Mannes schmerzt. Ihr Blick gleitet durch den Raum. Dass er leer ist, bedeutet nicht, dass niemand da ist. Sie kann bloß niemanden sehen. Sie spürt deutlich, dass sie nicht allein ist. An der Wand stehen Sessel, die zu Türmen aufgestapelt worden sind. An einer Pinnwand am Fenster ist ein kleines Schild befestigt, auf dem „E-Book“ steht. Der Raum gehört zu der Bibliothek, vielleicht ein Vortrags- oder Tagungsraum.
Scarlet merkt, dass sie langsam ruhiger wird. Aber diese Ruhe ist nur oberflächlich, sie wird dadurch gefasster. Denn zugleich weiß sie intuitiv, dass jeden Moment etwas passieren wird. Diesmal ist sie darauf vorbereitet.
Es beginnt mit einem Flimmern, eine winzige optische Unregelmäßigkeit, und plötzlich ist sie nicht mehr allein. Drei Jungen stehen ihm Raum, zwei vor ihr, einer hinter ihr.
Roy schiebt sich mit beiden Händen die Haare nach hinten. Seine Augen liegen so tief, dass die Wimpern seine Augenbrauen berühren. Um seine Mundwinkel zuckt es.
Mit der Umgebung zu verschmelzen, ist kein besonders schwerer Trick, den beherrschen viele magisch Begabte.
„Na? Überrascht?“, fragt Roy.
„Ich bin überrascht, dass ihr ohne Barns hier auftaucht“, antwortet Scarlet.

Roys Augen werden schmal.
„Der ist auch nicht weit", gibt der Junge, der hinter Scarlet steht, preis. Es ist Simon. Scarlet dreht sich zu ihm um. Mit seinen Rastalocken sieht er aus wie ein Löwe. Er schnalzt mit der Zunge.
„Halt lieber die Klappe", zischt Roy ihn an.
„Schon gut", wehrt jemand ab.
Barns taucht auf. Er steht breitbeinig in der Tür, lässt die Knochen seiner Finger knacken und kommt ein paar Schritte näher.
Der Magier wischt sich mit dem Handrücken übers Kinn und betrachtet Scarlet. Als würde eine alte Wunde wieder aufbrechen, spürt Scarlet, wie die Wut in ihr hochsteigt.
Barns öffnet den Mund und legt seine großen blanken Zähne frei. Sie glänzen wie weißes Porzellan.
Scarlet würde sich am liebsten auf ihn stürzen. Doch sie tut es nicht, sondern wartet ab und überlegt. Was will Barns? Warum hat er seine Schüler mitgebracht? Ist das wieder ein Test? Er weiß doch bereits alles von ihr. Oder sollen die Jungen Scarlet herausfordern, damit Barns sieht, wozu sie in der Lage ist? Es sieht ganz danach aus. Barns will sie in Aktion sehen! Schön, das kann er haben!
Es ist nur eine winzige Geste. Eine minimale Bewegung mit den Fingern. Die Jungen erkennen diese Geste aufgrund ihrer magischen Kampferfahrung sofort. Sie bedeutet Angriff, und nun geht es nur noch darum, so schnell wie möglich zu reagieren.
Doch statt die Jungen anzugreifen, lässt sie sich zu Boden

fallen. Die Attacke ihrer Gegner, die eigentlich auf sie abzielt, geht ins Leere, wobei das nicht ganz stimmt. Denn Roy trifft Simon, der ihm gegenübersteht, und Simon trifft Roy. Den dritten, Jonathan, hat Scarlet während des Fallens selber erledigt.

Dieser Zauber ist nicht tödlich, er ist nur das Übliche, ein Schockzauber, er bewirkt das Einfrieren des Gegners. Für einen Augenblick genießt Scarlet ihren Triumph. Ihre Widersacher stehen immer noch in Kampfpose da, wie Skulpturen aus Eis mit offenen Mündern und weit aufgerissenen Augen, in denen ungläubiges Staunen steht. Drei auf einen Streich …

Scarlet begreift, dass ihr dieser Streich viel zu leicht gelungen ist. Barns hat mit einem Kampf gerechnet.

Die Demütigung, dass seine drei Schüler so rasch besiegt wurden, wird er nicht einfach so hinnehmen können. Jetzt ist er vermutlich am Zug.

Aber auf was wartet er noch? Warum zögert er? Was hat er vor?

Barns lächelt, und seine blanken Zähne kommen noch mehr zum Vorschein. Er klatscht sogar in die Hände.

„Gut gemacht!“

Es klingt wie Spott. Ihn direkt anzugreifen, wäre sicher ein Fehler. Zu spät bemerkt Scarlet die grünen Linien am Boden. Sie zucken wie das Feuer einer Zündschnur. Ein Pentagramm wird sichtbar. Scarlet wirbelt herum. Grüne Wände wachsen aus den Linien des Pentagramms in die Höhe und nehmen sie gefangen.

Mit einem Fingerschnippen erlöst Barns seine Schüler. Er will ihnen die Möglichkeit geben, sich zu revanchieren.
„Heizt ihr ein bisschen ein“, befiehlt er.
Scarlet weiß, was das bedeutet. Er will, dass sie das Gefühl bekommt, zu verbrennen. Er will, dass sie mit all ihrer Kraft versucht, das Pentagramm zu durchbrechen. Er will also wirklich wissen, wie stark ihre Magie ist.
Roy, Simon und Jonathan sind wütend. Sie haben mit einer unterlegenen Gegnerin gerechnet und sind kalt erwischt worden. Jetzt haben sie wenigstens die Genugtuung, für ein wenig Hitze zu sorgen.
Mit jedem Atemzug spürt Scarlet, wie die Luft heißer und heißer wird, so heiß, dass sie bald den Eindruck hat, ihre Luftröhre würde verbrennen. Es ist, als würde sie nicht mehr atmen können. Doch sie achtet nicht darauf, sie denkt nur an Barns.
Scarlet weiß, dass das Gefühl zu verbrennen nur ein Zauber ist, gegen den sie ankämpfen kann. Sie wird nicht wirklich verbrennen. Barns konzentriert sich intensiv auf sie, er will sehen, wie sie versuchen wird, sich zu befreien. Und genau das nützt Scarlet aus. Sie denkt gar nicht daran, sich zu befreien.
Sie durchdringt die Barriere zu seinem Geist, setzt sich in seinem Kopf fest und kann durch seine Augen sehen, was er sieht. Und sie kann noch viel mehr. Sie kann durch seine Erinnerungen wandern, als wäre sein Gedächtnis ein buntes bebildertes Buch.
Sie tut dasselbe, was er damals mit ihr getan hat.

Barns fasst sich an die Stirn, er hat sie gespürt. Doch in diesem Stadium ist es bereits zu spät.
„Verschwinde aus meinem Kopf!“, brüllt er, und sie weiß, dass er sie am liebsten gepackt hätte, um ihr das Bewusstsein zu nehmen. Denn anders kann er nicht verhindern, was sie jetzt tun wird. Doch sie steht in seinem Pentagramm, und er kann sie nicht berühren. Barns sackt zusammen, schwankend sucht er Halt, lässt sich auf einem der Tische nieder. Sosehr er sich auch bemüht, er kann die Augen nicht mehr offen halten. Seine Schüler sind beschäftigt, sie befinden sich im Fluss der Magie und bemerken nicht, was mit ihrem Meister passiert.
Scarlet sieht ein Zimmer. Ein kleines Kind im Pyjama hockt auf dem Bett, es hält sich die Decke vor den Mund. Es ist Barns. Sein Gesicht ist tränenüberströmt. Die Dunkelheit draußen vor dem Fenster wird jäh durch einen Blitz erhellt. Der Donner, der folgt, ist so gewaltig, dass die Fensterscheiben vibrieren.
Weitere Bilder ziehen vor Scarlets innerem Auge vorbei. Sie sieht einen Mann mit geröteten Augen. Er hält eine Flasche Schnaps in der Hand und schwankt bedenklich. Er droht einem Jungen, es ist wieder Barns, diesmal etwas älter: „Wage es ja nicht, mir die Flasche wegzunehmen, Kleiner!“ Scarlet sieht das verdutzte Gesicht des Mannes, als die Flasche in seiner Hand plötzlich zerspringt.
Dann sieht sie einen noch älteren Barns mit einer Zigarette in der Hand hinter einem Baum stehen. Er beobachtet drei junge Leute, die miteinander herumalbern.

Scarlet stockt kurz, dann geht sie weiter zur nächsten Erinnerung. Sie weiß schon jetzt, dass ihr das alles hinterher leidtun wird. Sie kommt sich vor wie eine Hackerin, die in sein System eingedrungen ist. Sie konzentriert sich krampfhaft auf Will Turner und lässt hastig eine Erinnerung nach der anderen vorbeiziehen.

Sie sieht, wie Barns seine magischen Fähigkeiten entdeckt, wie er einen Lehrer findet und in der Gilde der Magier Anerkennung erfährt. Sie sieht Direktor Rubens, Abraham und viele andere Magier, die sie jedoch nicht alle kennt.

Dann endlich tauchen Roy, Simon und Jonathan auf. Sie muss sich noch intensiver auf den Namen „Will Turner" konzentrieren, sie kann sehen, wie Barns in irgendwelchen Akten herumblättert. Er sucht etwas, es muss etwas sein, das mit Will Turner zu tun hat.

Barns stöhnt. Sein Stöhnen lenkt Scarlet ab. Doch sie hat noch nicht alles gesehen. Barns kommt zu sich, seine drei Schüler sind bei ihm. Sie haben ihn zurückgeholt. Barns richtet sich auf. Seine Hand zielt auf das Pentagramm, und plötzlich fällt es in sich zusammen, als hätte er einen Stein gegen eine Glasscheibe geworfen.

Es ist noch zu früh, denkt Scarlet. Sie hat die Stimme von Direktor Rubens im Ohr.

Barns ist jetzt bei ihr, er packt und schüttelt sie. Dann lässt er sie wieder los.

Scarlet taumelt.

Barns Schüler stehen dicht hinter ihm. Er hält sich beide Hände vors Gesicht.

„Du weißt, dass du dafür bestraft werden wirst“, keucht er.
„Sie haben dasselbe mit mir gemacht“, erwidert Scarlet kraftlos.
Barns holt tief Luft. Mit zwei Fingern massiert er eine Stelle über seiner Nase.
„Jetzt, da wir keine Geheimnisse mehr voreinander haben, können wir reden“, sagt er schließlich.

Ein fairer Handel

Roy schnaubt verächtlich. „Mit ihr reden! Soll das eine Teestunde werden? Ich habe gedacht …“
„Ruhe!“, unterbricht ihn Barns scharf. Er gibt Scarlet ein Zeichen, sich zu setzen. Er betrachtet sie.
Scarlet weiß nicht, was jetzt kommen wird.
„Eine Frage ich, eine Frage du“, schlägt der Magier ihr vor. „Ein fairer Handel.“
Er scheint sich wieder völlig unter Kontrolle zu haben.
Scarlet nickt.
„Und ich werde beginnen“, erklärt Barns. „Du hast Will Turner vor Roy gewarnt. Warum hast du das getan?“
„Woher wissen Sie das?“
„Eine Frage ich, eine Frage du“, wiederholt Barns beharrlich.
Scarlet nickt. „Ich habe ein Gespräch zwischen Roy und der Direktorin belauscht. Ich wollte nur nicht, dass Roy Will mitnimmt“, antwortet sie.
„Super gemacht!“, lacht Roy. „Ich hätte ihn nämlich beschützen können.“
Barns dreht sich zu ihm um. Roy weicht wütend seinem Blick aus.
„Wovor wollt ihr Will beschützen?“, fragt Scarlet.
Barns überlegt. „Es geht nicht um Will Turner, sondern um einen Klienten, den wir schützen müssen.“
„Das ist gelogen“, erwidert Scarlet. „Da habe ich etwas anderes gesehen. Es geht um Will Turner. Etwas an ihm ist gefährlich.“

„Wenn du es weißt, warum fragst du dann?“, fährt Barns sie unwirsch an.
„War das ein Trick, um zu testen, was ich gesehen habe?“
„Du hast schon gefragt. Ich bin dran. Hast du Kontakt zu deiner Mutter?“ Die Frage überrascht Scarlet.
„Was hat die denn damit zu tun?“, will sie wissen.
„Erst eine Antwort, dann eine Frage“, antwortet Barns trocken.
„Nein.“
Scarlet spürt, dass die Frage nach ihrer Mutter in ihr ein Gefühl auslöst, als hielte sie eine Muschel, die sie vor langer Zeit ins Meer geworfen hat, wieder in ihrer Hand.
Barns beobachtet sie. „Um zu beantworten, was das mit ihr zu tun hat, muss ich etwas weiter ausholen“, erklärt er. „Homo homini lupus, das ist Latein und heißt übersetzt ‚Der Mensch ist dem Menschen ein Wolf‘. Die Bedeutung dieses Satzes ist, dass der Mensch der gefährlichste Feind des Menschen ist. Demzufolge ist der gefährlichste Feind des Magiers ein Magier …“
„Ich habe gesehen, dass ihr an einem geheimen Auftrag arbeitet. Es geht um mysteriöse Todesfälle, habe ich recht?“, unterbricht ihn Scarlet.
Barns verzieht sein Gesicht, als hätte er in eine Zitrone gebissen. Er nickt. „Also gut, dann hast du wahrscheinlich auch gesehen, dass Direktor Rubens nicht mehr der Direktor des Büros der Wächter ist.“
Scarlet kann ihr Erstaunen nicht verbergen. Sie schüttelt den Kopf. „Das habe ich nicht gesehen“, sagt sie. „Wer ist es dann?“

Barns lässt einige Zeit verstreichen, bevor er antwortet.
„Mister Lock“, sagt er schließlich. „Er ist der neue Direktor. Mister Lock trifft sich übrigens gerade mit deinem Mentor Abraham.“
„Und warum ist Rubens nicht mehr der Direktor?“, entfährt es Scarlet.
„Weil er nicht wahrhaben will, dass unsere Existenz ernsthaft bedroht ist“, antwortet er knapp.
„Ich habe noch eine letzte Frage“, sagt Scarlet rasch.
Barns nickt.
„War das vorhin wieder ein Test? Und wenn ja, wozu? Sie wissen doch schon alles über mich!“
Er nickt wieder.
„Ich habe deine Laufbahn ... studiert“, sagt er schließlich. Aber du hast vorhin eine überzeugende Vorführung deiner Fähigkeiten dargeboten.“
Simon stößt ein verächtliches Schnauben aus, die anderen beiden brummen irgendetwas Unverständliches.
Scarlet wendet sich ihnen zu. Sie sieht deutlich die Abneigung in ihren Augen.
„Du hast sie besiegt. Nimm es ihnen nicht übel“, sagt Barns mit dem Anflug eines Lächelns. Er ist für einen Moment versucht, ihre Hände in seine zu nehmen, doch er hält sich zurück.
„Ich weiß, dass du verärgert bist, weil ich dich auf meine Weise getestet habe“, meint er dann. „Vielleicht war das auch ein Fehler von mir. Doch nur so habe ich mir ein Bild von dir machen können. Du solltest dich deiner magischen

Fähigkeiten besinnen und sie nicht verleugnen. Denn du musst wissen, dass ich dich gerne in meinem Team hätte."

„Nach allem, was ich Ihnen angetan habe?", entfährt es Scarlet.

„Nun, wir beide sind uns nichts schuldig geblieben, denke ich", antwortet er. „Die Geschichte, an der wir arbeiten, ist heikel, wie du weißt. Ich benötige talentierte junge Magier und Magierinnen. Du musst dich nicht sofort entscheiden. Ich würde dir auch gerne noch einiges zeigen. Aber …" Er unterbricht sich und schweigt einen Moment, bis er seinen Satz zu Ende spricht: „… erst, wenn du dich entschieden hast."

Scarlet schluckt.

„Ich … ich muss jetzt gehen", sagt sie mit tonloser Stimme.

Sie verlässt fluchtartig den Raum, eilt zurück durch die Bibliothek und dann stößt sie die Tür nach draußen auf.

Sie atmet tief durch.

Die Straßen, die Autos, die Menschen, die ganze Stadt pulsiert, sie lebt, doch Scarlet nimmt nichts um sich herum wahr. Sie muss auf dem schnellsten Weg nach Hause.

Sie rennt und achtet nicht darauf, dass sie schwitzt und außer Atem ist.

Barns hat herausgefunden, dass Will nicht Will Turner heißt. Er ist Teil eines Schutzprogramms. Das hat sie in Barns Gedächtnis gesehen. Sein richtiger Name wurde gelöscht und mehr noch, seine Vergangenheit und die Vergangenheit seiner Schwester Lea wurden gelöscht. Diese Information hat Barns von Direktor Rubens bekommen.

In dem Ordner, den Rubens Barns gezeigt hat, hat sie eine Adresse sehen können, der Ort, wo Will und seine Schwester früher gewohnt haben. Genau genommen waren es nur Koordinaten.
Als sie endlich das Haus erreicht hat, die Tür aufstößt und hineinstürzt, kommt ihr Robin entgegen.

Die Prophezeiung

Robins Gesichtsausdruck verrät Scarlet sofort, dass Will nicht da ist.

„Setz dich erstmal“, sagt er.

„Ich will mich nicht setzen!“ Scarlet ist so erschöpft, dass sie kaum sprechen kann.

„Ich weiß jetzt alles“, platzt Robin da heraus. „Will wird der Mörder von Nicolas Sterling sein!“

„Waaas?“, keucht Scarlet. „Dann ist Nicolas Sterling der Klient von Barns!“

Sie hätte nur eins und eins zusammenzählen müssen.

„Jemand hat Nicolas Sterling den Tod prophezeit“, erzählt Robin weiter.

Scarlet starrt ihn an. Ein Prophet?

„Nicolas Sterling hat mich für Will gehalten. Ich habe die Angst in seinen Augen gesehen, es war die Angst vor Will.“

„Es ist nur eine Prophezeiung! Wir müssen ihm klarmachen, dass das alles nicht passieren wird!“, ereifert sich Scarlet.

Doch auch sie hat schon von derartigen Weissagungen gehört. Ungefähr ein Mal in hundert Jahren kommt es vor, dass ein Magier oder eine Magierin mit prophetischen Gaben zur Welt kommt.

„Kennst du die Sage von Ödipus?“ fragt Robin.

Scarlet schüttelt den Kopf.

„König Laios wird von einem Orakel vorhergesagt, dass er einen Sohn bekommt, der ihn umbringen und seine Frau heiraten wird“, beginnt Robin zu erzählen. „Als dem König tatsächlich ein Sohn geboren wird, übergibt er ihn einem Hirten, der ihn im Wald aussetzen soll. Doch der Hirte bringt es nicht übers Herz, das Baby sterben zu lassen. Und so wächst Ödipus bei Zieheltern auf. Als er erfährt, dass seine Eltern nicht seine richtigen Eltern sind, macht er sich auf die Suche nach ihnen. Dabei tötet er, ohne es zu wissen, seinen Vater. Damit erfüllt sich die erste Prophezeiung. Im Laufe der Geschichte findet Ödipus heraus, was prophezeit worden ist. Er versucht alles, um dies nicht zu erfüllen. Aber gerade deshalb erfüllt sich auch die zweite Prophezeiung."

„Wie geht die Sage aus?", will Scarlet wissen.

„Tragisch. Als Ödipus erfährt, dass er seine Mutter geheiratet hat, sticht er sich die Augen aus."

„Und du glaubst, dass Will Nicolas Sterling wirklich töten wird?"

„Wenn es sein Schicksal ist", antwortet Robin, „wird sich diese Prophezeiung erfüllen, was immer er auch dagegen tut."

„Unsinn", sagt Scarlet. „Wir müssen alles tun, um das zu verhindern, und wir können es verhindern."

Sie fährt sich mit der Hand durchs Haar.

Das Schutzprogramm kommt ihr wieder in den Sinn. Welchen Grund hat es, dass Will in einem Schutzprogramm ist? Kann es denn sein, dass er doch gefährlich ist?

Sie muss es herausfinden. Und sie muss Will Bescheid sagen. Denn falls Will wirklich eine Gefahr darstellen sollte, so hat er ganz offensichtlich keine Ahnung davon.

„Ödipus hat es gewusst", sagt Robin. „Aber sein Wissen hat

ihn nicht gerettet. Was das Orakel prophezeit hat, ist geschehen, das war eben sein Schicksal."
„Ödipus!", entrüstet sich Scarlet. „Will ist doch nicht Ödipus! Das hier ist doch keine Sage, sondern das wirkliche Leben!"
Robin sieht sie schweigend an.
„Kannst du mir dein Handy borgen?", bittet Scarlet ihn.
Robin fischt es aus seiner Hosentasche und drückt es ihr in die Hand.
„Kann ich dir nicht helfen?", fragt er leise.
„Robin", sagt Scarlet, und ihre Stimme ist auf einmal ganz belegt. „Du hast mir schon sehr geholfen."
So wie Robin dasteht, überkommt Scarlet der innige Wunsch, auf ihn zuzugehen und ihn in die Arme zu nehmen. Doch sie weiß, dass das alles nur noch schlimmer machen würde. Sie hat es eilig. Sie muss etliche Vorbereitungen treffen. Sie muss vor allem Will finden. Und zwar so schnell wie möglich.

Gelöschte Erinnerungen

Scarlet steht vor dem dreistöckigen Haus, in dem Will und Lea wohnen. Die Wohnsiedlung wirkt ziemlich unüberschaubar und fast wie ein Getto auf sie. Aber Will hätte es noch schlimmer erwischen können, die Häuserblocks hinter dieser Siedlung sind höher und bestimmt noch unpersönlicher. So viele Menschen, die hier auf engstem Raum zusammenleben, denkt Scarlet. Auf einer Tafel stehen die Namen der Bewohner des Hauses auf Schildchen, daneben sind die Klingelknöpfe. Scarlet klingelt bei „Turner“ an.
Aus der Gegensprechanlage tönt eine Frauenstimme. Scarlet sagt ihren Namen und erklärt, dass sie zu Will möchte.
Ein Summton signalisiert ihr, dass sie eintreten kann. Im Stiegenhaus ist es düster. Es riecht nach Kohlsuppe und Zwiebeln.
Scarlet läuft die Stufen hoch und hört, wie oben eine Tür aufgesperrt wird. Irgendwo schreit ein Kind. Eine Frau in Badeschlapfen und kurzem Rock steht im Türrahmen. Hinter ihr taucht noch jemand auf. Es ist Will!
Scarlet ist so erleichtert, ihn zu sehen, dass sie die letzten Stufen mit einem Satz nimmt.
„Hallo“, sagt sie, etwas außer Atem. Ihr Blick gleitet von Will zu der Frau, die sie ebenso mustert. Sie muss Selma sein, denkt Scarlet.
„Hübsches Mädchen“, sagt Selma und zwinkert Will anerkennend zu.
Will steht stumm da.

„Du hast mir gar nicht erzählt, dass du eine Freundin hast." Sie wendet sich Scarlet zu. „Der Junge hüllt sich in Schweigen, egal worum es geht." Sie legt ihre Hand auf Wills Kopf und zaust durch sein Haar.
Scarlet sieht genau, wie unwohl sich Will fühlt.
„Komm rein, Schätzchen", fordert Selma sie nun auf.
In der Wohnung steht kalter Rauch.
Will führt Scarlet in sein Zimmer unterm Dach. Er ist offensichtlich erleichtert, als er die Tür hinter sich schließen kann.
Zwei Betten füllen beinahe den gesamten Raum aus, über dem einem hängen Zeichnungen mit Stecknadeln an der Wand. Darunter liegt ein Bär auf dem Kopfkissen, mehr grau als weiß, und seine Nase ist durchgescheuert. Unter ein paar Kleiderhaken, die irgendwie an der Wand befestigt sind, liegt ein Rucksack. Außer einem Heft auf dem Nachtkästchen entdeckt Scarlet nichts besonders Persönliches.
Obwohl Will hier zu Hause ist, sieht es so aus, als wäre er nur auf der Durchreise, denkt Scarlet.
Auf der schmalen Tischplatte, die offenbar als Schreibtisch dient und von zwei Metallverstrebungen gehalten wird, liegt ein Blatt Papier.
„Ich habe einen Brief für Lea geschrieben", erklärt Will, der Scarlets Blicken gefolgt ist. „Es … tut mir ehrlich leid, dass ich nicht wie verabredet bei euch zu Hause gewartet habe."
„Schon gut", beruhigt ihn Scarlet.
Sie sieht ihn an.
Um ihn zu schützen, haben die Magier Will und Lea neue

Identitäten gegeben und sie bei einer fremden Familie untergebracht. Und sie haben ihre Erinnerungen gelöscht. Ist Will in Gefahr, oder ist er gefährlich? Er sieht so harmlos aus. Sollte er wirklich gefährlich sein, so sieht man es ihm jedenfalls nicht an. Worin könnte die Gefahr bestehen? Nicolas Sterling scheint davon überzeugt zu sein, dass Will ihn töten wird.

Will kramt den Schlüsselbund hervor und überreicht ihn Scarlet.

„Hast du etwas herausgefunden?“, fragt er. Es soll klingen, als würde er nur so nebenbei fragen, doch in Wirklichkeit platzt Will fast vor Neugierde und Anspannung. Zugleich fühlt er sich jedoch merkwürdig beklommen.

Scarlet nickt kaum merklich.

„Was?“, fragt Will sofort.

Scarlet zögert. Ihr wird erst in diesem Moment klar, wie bedeutungsvoll es für Will sein wird, was sie herausgefunden hat.

Es gibt einen Grund dafür, dass Will und Lea in diesem Schutzprogramm sind. Wenn Will herausfindet, wer seine Eltern sind, ist er vielleicht in Gefahr. Aber Will ist bereits in Gefahr, und er hat ein Recht, das zu wissen, rechtfertigt sie sich in Gedanken.

„Was weißt du über deine Eltern?“, beginnt sie zögernd. Vielleicht, hofft Scarlet, hat er ja längst selbst etwas über seine Eltern in Erfahrung bringen können.

„Sie sind bei einem Autounfall ums Leben gekommen“, antwortet Will knapp.

Scarlet saugt etwas hilflos an ihrer Unterlippe. Will starrt sie aus seinen großen dunklen Augen an.
„Sind sie nicht!“, sagt er dann plötzlich, und seine Stimme ist dünn wie ein Faden. Er hat die Arme um seinen Oberkörper geschlungen und wippt leicht nach vor und zurück.
Scarlet nickt. „Du hast es geahnt, oder?“, fragt sie.
„Ich würde mich gerne darüber freuen, ich meine, weil sie vielleicht doch noch leben, aber ich kann nicht“, sagt er tonlos. „Was hast du herausgefunden? Sag es mir!“
„Sie haben eure Erinnerungen gelöscht, um euch zu schützen.“
Will spürt, wie ihm etwas die Kehle zuschnürt.
„Sie?“, wiederholt er. „Wer sind sie? Und wovor wollen sie uns schützen? Sind meine Eltern Verbrecher? Wo sind sie? Was ist mit ihnen passiert?“
Die Fragen sprudeln nur so aus ihm heraus.
Die Verzweiflung in Wills Stimme macht Scarlet betroffen. Dennoch zögert sie. Sie darf ihm jetzt einfach noch nicht alles sagen.
„Das weiß ich nicht genau“, sagt sie ausweichend. „Bitte frag mich nicht, woher ich das weiß“, fügt sie hinzu. „Aber ich weiß etwas, das uns hilft, den Dingen auf die Spur zu kommen.“
Will horcht auf.
„Ich habe eine Adresse“, fährt Scarlet fort, „und zwar von dem Ort, wo ihr, du und deine Schwester mit euren Eltern, damals gewohnt habt.“
Wills Augen weiten sich.
„Wir …“

Es klopft an der Zimmertür.
„Will!“, hören sie dann Selmas Stimme. „Unten vor dem Haus ist wieder dieser Verrückte. Ich habe vergessen, dir das zu erzählen. Ein baumhoher Kerl, er will, dass du runterkommst.“
Nicolas Sterlings Fahrer! Will und Scarlet sehen einander erschrocken an.
„Wir müssen abhauen“, sagt Scarlet. „Gibt es hier noch einen Ausgang?“
Will schüttelt den Kopf. Er denkt scharf nach, dann macht er ein Zeichen, dass sie ihm folgen soll.

Ein kühner Sprung

Sie stürmen an der verdutzten Selma vorbei, der die Asche fast von der Zigarette fällt, hinaus aus der Wohnung und das Stiegenhaus hinunter, mehrere Stufen gleichzeitig nehmend. Im ersten Stock hält Will an und läutet an einer der Wohnungstüren.

Scarlet behält die Haustür im Erdgeschoß im Visier. Durch das milchige Glas kann sie die Umrisse einer großen Gestalt erkennen. Da hört sie das Geräusch des Summers. Sie zuckt zusammen. Jemand muss den Türöffner betätigt haben!

Scarlet packt Will panisch am Arm.

Endlich öffnet jemand dort, wo Will geläutet hat, die Tür einen Spaltbreit. Will drückt sie weiter auf. Sie schieben sich an einem Mann vorbei in die Wohnung. Wie Blitzlichter nimmt Scarlet alles gleichzeitig wahr, den Mann um die siebzig im Morgenmantel, sein verwunderter Blick hinter den dicken Brillengläsern, sein schütteres Haar, das glatt zurückgekämmt am Schädel klebt, den abgestandenen, süßlich-sauren Geruch in der Wohnung, das Geschirr im Waschbecken der kleinen Küche am Ende des Korridors.

Will entschuldigt sich bei dem alten Mann. Aus einem Nebenzimmer kommt etwas geflattert und landet auf der Schulter des Mannes. Ein Wellensittich.

An der Tür wird mehrmals geläutet und jemand hämmert mit der Faust dagegen.

„Sterlings Fahrer weiß, wo wir sind!", stöhnt Scarlet.
„Aufmachen!", hören sie von draußen. „Ich weiß, dass ihr da drinnen seid!"
Durch die Küche eilen sie ins Wohnzimmer. Der Fernseher läuft, Noten türmen sich auf einem Klavier. Der Mann im Morgenmantel ist ihnen gefolgt. Als er sieht, dass Will im Begriff ist, die Balkontür aufzureißen, gerät er vollkommen aus dem Häuschen.
„Mein Wellensittich!", ruft er.
An der Tür läutet es Sturm.
Vorsichtig nimmt der Mann im Morgenmantel den Vogel von seiner Schulter, streicht ihm mit dem Finger über den Schnabel und setzt ihn behutsam in einen Käfig. Beruhigend redet er auf ihn ein.
Will hat endlich die Balkontür geöffnet.
„Das sind ja mindestens drei Meter!" Scarlet schaudert.
„Wir schaffen das!", ermutigt Will sie.
Er schwingt sich über die Brüstung und hangelt sich so weit am Geländer hinunter, bis er nur noch an seinen Händen hängt, die den schmalen Vorsprung des Balkonbodens umklammern. Dann lässt er los.
Unten schlägt er hart auf, rollt sich gekonnt ab, steht auf, wischt sich ein wenig Gras von den Knien und sieht nach oben. Scarlet springt mit einem weiten Satz vom Rand der Brüstung. Sie segelt durch die Luft und setzt sicher neben Will am Boden auf. Sie war ja nur seinetwegen so besorgt, aber das kann er nicht ahnen. Dem bleibt der Mund vor Staunen offen.

„Was war das denn gerade?“, fragt er. „Hast du das im Zirkus gelernt?“
„Erkläre ich dir später“, gibt Scarlet knapp zur Antwort.
Will schüttelt verblüfft den Kopf.
Sie nützen die Deckung parkender Autos und laufen weiter.
Erst nachdem sie einige Häuserblocks hinter sich gelassen haben, hält Will an.
„Hat dieser Mann, der hinter mir her ist, etwas mit meinen Eltern zu tun?“, fragt er Scarlet.
Nein, dieser Mann will verhindern, dass du Nicolas Sterling tötest! Das hätte sie ihm sagen müssen, denn es wäre die Wahrheit, doch sie sagt es ihm nicht.
„Es hat etwas mit dir zu tun“, antwortet sie stattdessen.
Will starrt sie an. „Mit mir?“
Scarlet geht einen Schritt auf ihn zu.
„Ich wünschte, ich könnte dir mehr erklären! Und ich hoffe sehr, dass wir die Antworten herausbekommen“, sagt sie.
„Glaubst du, dass wir meine Eltern, falls sie wirklich noch am Leben sein sollten, finden?“ Er schluckt. „Wissen sie, dass sie Kinder haben? Können sie sich an alles erinnern?“
Scarlet zögert.
„Wir werden es bald wissen, glaub mir“, sagt sie dann ruhig und zieht das Handy aus ihrer Hosentasche.
„Das gehört Robin“, erklärt sie, als hätte sie Will danach gefragt.

Das Haus am See

George und seine alte Mistkarre warten am Straßenrand. Scarlet hat George gleich nach ihrem Telefonat mit Robin angerufen.
Mit George kann man Pferde stehlen, und wenn er nur irgendwie kann, hilft er einem aus der Patsche, ganz egal worum es geht.
„Alles klar, mein Mädchen?“, begrüßt er zuerst Scarlet und sagt dann: „Hallo, Will.“
Will ist überrascht, dass sich George seinen Namen gemerkt hat. Er und Scarlet nehmen hinten im Wagen Platz, und George fährt los.
Will dreht sich hektisch um und sieht aus dem Rückfenster.
„Seid ihr auf der Flucht?“, fragt George und zwinkert ihnen im Rückspiegel zu.
„Ein Leichenwagen ist hinter uns her“, klärt ihn Scarlet auf. „Solltest du einen sehen, sag uns Bescheid, damit wir in Deckung gehen können.“
„Ein Leichenwagen! Das ist praktisch, falls die alte Mistkarre wieder mal den Geist aufgibt“, sagt George.
Sie fahren aus der Stadt hinaus. Einfamilienhäuser mit Gärten säumen die Straße.
Im Wagen herrscht Schweigen, alle drei sind in ihre Gedanken versunken.
Will durchkämmt angestrengt sein Gedächtnis nach Erinnerungen an seine Eltern. Er kann sich kein Bild von ihnen machen. Aber wenn sie wirklich am Leben sind, warum

haben sie sich dann nicht auf die Suche nach Lea und ihm gemacht? Will hält mühsam die Tränen zurück und ballt seine Fäuste.
Scarlet denkt an die angebliche Prophezeiung. Sie kann einfach nicht glauben, dass dieser Junge, der neben ihr sitzt, gefährlich sein soll. Und schon gar nicht will sie glauben, dass er einen Menschen töten könnte.
George denkt an den Abfluss in Meggies Badezimmer. Meggie stört es zwar nicht, wenn das Wasser nur langsam abrinnt, sagt sie. Dennoch hat er schon seit einigen Wochen vor, das Rohr zu entstopfen.
Die letzten vereinzelten Häuser werden von ineinander-übergehenden Feldern abgelöst. Die Sonne steht hoch am Himmel.
Eine gute Stunde später erhebt sich rechts der Straße eine sanfte Hügellandschaft. Der Wald legt sich wie ein grüner Teppich über die Berge.
George blickt in den Rückspiegel. „Bist du sicher, dass wir noch auf dem richtigen Weg sind?", fragt er Scarlet.
Die wirft einen Blick auf Robins Handy.
„Ich habe zwar nur die Koordinaten, aber wie es aussieht, stimmt bis jetzt alles."
„Koordinaten?", fragt Will.
Er möchte gern noch mehr wissen, doch da bittet Scarlet George, links in einen Waldweg einzubiegen. George drosselt das Tempo. Der Boden hier ist holprig, und die alte Mistkarre schaukelt gefährlich.
„Das ist ja der reinste Urwald", brummt George.

Scarlet heftet ihren Blick auf das Display des Handys, und Will starrt schweigend aus dem halb offenen Fenster. Der Wald, die Bäume, der Geruch nach nassem Laub, nach Wasser, eine Vogelfeder in der Hand eines Jungen … Plötzlich hat Will das Gefühl, sich an etwas zu erinnern.
„Hier! Stopp! Bitte anhalten!“, reißen ihn Scarlets Worte aus seinen Gedanken.
George bremst, die alte Mistkarre bleibt stehen, und George steigt aus, um sich zu dehnen und zu strecken.
„Seid ihr sicher, dass ihr hier richtig seid?“, fragt er Scarlet noch einmal, die ebenfalls ausgestiegen ist. Sie nickt und holt einen großen Rucksack aus dem Kofferraum.
„Ich hoffe, Robin hat an alles gedacht“, sagt sie, mehr zu sich selbst.
„Und wann darf ich euch hier wieder abholen?“, erkundigt sich George.
„Ich melde mich“, sagt Scarlet und hält das Handy in die Höhe.
George nickt. „Na dann, ich wünsche euch viel Glück“, sagt er mit einem Lächeln und hebt die Hand zum Gruß.
Dann steigt er wieder ins Auto, wendet mit einiger Mühe und fährt rumpelnd davon.
Das Motorengeräusch verliert sich in der Ferne. Scarlet spürt den Druck des Rucksacks auf ihren Schultern. In den Ästen über ihnen rauscht der Wind. Sie hören Vogelgezwitscher, Vögel sind jedoch keine zu sehen.
Die Luft ist feucht und kühl. Äste und Gräser streichen an ihren Beinen entlang.

Scarlet ist kurz davor, Wills Hand zu nehmen, hält sich jedoch zurück.
„Wenn dich jemand fragen würde, was gut an dir ist, was würdest du antworten?“, fragt sie, um das Schweigen zwischen ihnen zu brechen.
Will ist so vertieft, dass er zuerst gar nicht reagiert.
„Was gut an dir ist?“, sagt er dann plötzlich. „Ich kenne dich viel zu wenig. Aber du bist auf jeden Fall verlässlich. Und verschlossen. Du brauchst deine Freiheit.“
Scarlet ist überrascht. Sie hätte nicht gedacht, dass Will sie so trefflich beschreiben würde.
„Ich habe eigentlich gemeint, was gut an dir ist“, stellt sie richtig.
Will zögert.
„Sag du es mir!“, fordert er sie dann auf.
„Du bist verlässlich“, antwortet sie.
„Nein, ich bin nicht verlässlich“, wehrt Will ab, „ich habe nicht wie ausgemacht bei euch zu Hause gewartet.“
„Aber du kümmerst dich sehr um deine Schwester“, erwidert Scarlet. „Ich wünschte, ich könnte das auch.“
„Was? Dich um jemanden kümmern?“, fragt Will nach.
Scarlet bleibt abrupt stehen und zeigt geradeaus. Zwischen den Blättern glitzern unzählige winzige Punkte. Die Sonne spiegelt sich im Wasser. Ein See. Will kann ihn in seinen Gedanken sehen, noch bevor sie ihn erreicht haben.
Er tastet nach Scarlets Hand.
„Ich kann mich erinnern“, sagt er leise.
„Woran?“, fragt Scarlet gespannt.

„An nichts Bestimmtes. Es sind … Bilder“, sagt Will.
Er sieht einen Jungen, der im See schwimmt. Plötzlich hat er es sehr eilig und zieht Scarlet an der Hand hinter sich her.
Vor ihnen tut sich eine Lichtung auf. Und in ihrer Mitte liegt der See. Er ist groß. Auf der Wasseroberfläche spiegeln sich Äste, Blätter und Himmel. Am Ufer zwischen den Bäumen steht ein kleines Haus, und ein Steg führt hinaus aufs Wasser.
Jemand hackt Holz. Das Schlagen der Axt hallt übers Wasser zu ihnen herüber.
Scarlet spürt Wills Händedruck.
Dann lässt er sie los. Er atmet tief ein. Der Geruch nach Holzrauch hängt in der Luft, obwohl nirgends Rauch zu sehen ist.
Dann geht Will zielstrebig auf das Haus zu.
Scarlet folgt ihm mit einigem Abstand.

Das Wiedersehen

Ein alter Mann steht vor dem Hackstock und hackt Holz. Sein langes, weiß schimmerndes Haar fällt wie glitzerndes Wasser über seine Schultern. Er trägt einen hohen braunen Lederhut mit breiter Krempe. Gerade bückt er sich, um einige Holzstücke aufzusammeln. Plötzlich hält er inne, sieht auf und starrt in ihre Richtung.

Will bleibt wie vom Donner gerührt stehen. Die Augen des Mannes weiten sich, seine Lippen bewegen sich langsam. Will, sagt er stumm, und noch einmal: Will.

Scarlet kann plötzlich ihr Herz klopfen hören. Der Mann kennt Wills Namen!

Will steht mit offenem Mund da. Er hat das Gefühl, dass seine Beine versagen, und weiß nicht, ob er lachen oder weinen soll.

„Will!“, ruft der alte Mann jetzt und kommt langsam auf Scarlet und Will zu.

„Du bist es, nicht wahr?“, fragt er, als er vor ihnen steht. „Ich habe es gewusst, ich habe immer schon gewusst, dass du eines Tages kommen wirst!“

Er sieht erst Will an, dann Scarlet, dann wieder Will.

„Du erkennst mich nicht, hab’ ich recht?“, fragt er. Seine Lippen beginnen zu zittern.

„Ich bin es“, sagt er. „Dein Großvater.“

Will schluckt schwer. Dann nickt er.

„Ich weiß“, sagt er.

Der Mann starrt Will an, und ein Ruck fährt durch seinen

Körper. Dann schlingt er seine Arme um Will und drückt ihn ganz fest an sich.
„Mein Junge! Ich habe deinen Vater gewarnt und gesagt, dass er einen Fehler macht. Aber er wollte sich ja nicht davon abbringen lassen und …"
Er unterbricht sich und lockert seine Umarmung ein wenig. Als wäre ihm plötzlich etwas eingefallen, das er vergessen hatte, richtet sich sein Blick auf Scarlet.
„Ist das deine Schwester Lea?"
Will schüttelt den Kopf. „Nein. Nein, sie heißt Scarlet und ist eine Freundin."
Will löst sich sanft aus der Umarmung und geht langsam auf das Haus zu.
Er sieht in seinen Gedanken einen Jungen aus dem Haus laufen. Einen Jungen mit einem Reifen um die Hüften, der über den Steg rennt, um von dort ins Wasser zu springen.
Will muss lächeln und empfindet einen Anflug von Glück. Zögernd setzt er einen Schritt ins Haus. Seine Augen müssen sich erst an die Dunkelheit gewöhnen. Aber der Geruch ist sofort so vertraut, dass ihm die Tränen kommen. Er spürt die Hand seines Großvaters auf der Schulter.
Will folgt dem Jungen, den er wie ein Traumbild vor sich sieht, eine steile Treppe hinauf. Der Dachboden ist verwinkelt. In einer Ecke steht eine Kiste. Will geht auf die Kiste zu und hebt vorsichtig den Deckel an.
Ein Lastwagen aus Plastik, eine Puppe in einem roten Kleid, ein Ball … Will lässt den Deckel der Kiste wieder sinken und sieht sich weiter um. Es ist, als würden seine Füße den

Boden nicht berühren. Als würde er schweben. Es ist wie im Traum. Will drückt eine niedrige Holztür auf und erkundet den Raum dahinter. Eine Hängematte. Daneben ein Bett, das schaukelt, wenn man es bewegt.
Er dreht sich um. Hinter ihm steht sein Großvater.
„Sind sie da?", fragt Will heiser.
Das Gesicht des alten Mannes wird ernst. Er streicht sich mit dem Handrücken übers Kinn und schüttelt dann traurig den Kopf.
„Wo sind sie?", will Will wissen.
„Nun, weißt du", beginnt der Großvater, „das alles ist nicht so einfach zu erklären. Komm mit mir."
Sie steigen die Stufen wieder hinunter.
Draußen, in einiger Entfernung vor dem Haus, wartet Scarlet.
„Wir setzen uns dort drüben zum Wasser", ruft der alte Mann ihr zu und zeigt Richtung Steg.
„Dann werde ich einen Spaziergang um den See machen", ruft sie zurück.
Will sieht ihr nach, wie sie zwischen den Bäumen verschwindet.
Will und sein Großvater setzen sich auf die Holzplanken des Stegs und lassen ihre Beine baumeln.
Der alte Mann zieht eine Pfeife aus seiner Jackentasche und stopft Tabak in den Pfeifenkopf.
„Du und Lea, ihr beiden habt das Wasser geliebt", beginnt er zu erzählen. Er zündet ein Streichholz an.
„Dort hinten ist das Boot."

Nahe beim Haus ist ein Ruderboot an einem Baumstamm befestigt.
Will hat plötzlich das Gefühl, in diesem Boot zu sitzen. Lea ist auch dabei. Will rudert und kann Lea hören, die ihn anfeuert.
Der alte Mann pafft und bläst den Rauch aus, der sich um einen Sonnenstrahl kringelt.
„Dein Vater hat diesen See auch sehr geliebt", erzählt er nun weiter. „Er war vielleicht fünf Jahre alt, als ich ihm das Fischen beibrachte. Er hat sich geschickt angestellt."
Er lächelt bei dem Gedanken an seinen Sohn, und sein Gesicht legt sich in unzählige feine und tiefe Furchen und Falten. „Später habe ich ein Seil über den See gespannt." Er lacht jetzt heiser auf. „Dein Vater hat gelernt, darauf zu balancieren. An manchen Sommerabenden balancierten wir beide auf dem Seil und brachten es durch Wippen ins Schwingen. Oder wir haben uns mit Pölstern auf dem Seil über dem Wasser bekriegt. Das ging so lange, bis einer von uns ins Wasser fiel."
Er bläst versonnen den Rauch gegen den Himmel. Plötzlich wird er wieder ganz ernst.
„Damals hat alles begonnen. Ich erinnere mich genau daran. Ich stand auf dem Seil und wartete auf deinen Vater. Er saß noch am Ufer, hatte seine Brille abgenommen und an den Gläsern herumgeputzt. ‚Komm schon!', rief ich. Doch statt zu kommen, blieb dein Vater am Ufer stehen. Plötzlich erkannte ich, dass Tränen über seine Wangen liefen. Mir war sofort klar, dass irgendetwas Schlimmes passiert war."

„Und was war Schlimmes passiert?“, fragt Will gespannt. Der Blick des Großvaters ist jetzt in die Ferne gerichtet. Er nickt.

„Es gab einen Jungen, der sehr gemein zu ihm war. Er lud alle seine Freunde und Freundinnen zu einem Eis ein, nur ihn nicht. Er wollte ihn nie dabeihaben. Und das hat sich dann auf alle anderen übertragen. Sie haben ihn links liegen gelassen.“

„Und was hat mein Vater dann gemacht?“

Will wird jetzt von einer großen Aufregung erfasst, und zugleich ist ihm unbehaglich zumute.

„Er hat einen Fluch gegen den Jungen ausgestoßen. Es waren nur fünf Wörter. ‚Der Blitz möge dich treffen.‘ Er hat sich nichts weiter dabei gedacht. Eine Woche später fand ein Fußballspiel statt. Während des Spiels zog ein heftiges Gewitter auf. Noch bevor es zu regnen begonnen hatte, zuckte ein wilder Blitz vom Himmel herunter. Er hätte jeden treffen können, doch er traf genau diesen Jungen. Dein Vater gab sich die Schuld daran. Ich musste ihn aus der Schule nehmen. Danach begann alles noch schwieriger zu werden.“

„Aber war er denn schuld daran?“, fragt Will. Übelkeit hat sich seiner bemächtigt, und eine böse Ahnung macht sich in ihm breit.

Der alte Mann sieht Will an. Dann nickt er.

„Dein Vater“, er stockt und überlegt, wie er es sagen soll, „besitzt eine besondere Gabe. Eine Fähigkeit, die im Laufe von Generationen immer wieder an einzelne Mitglieder unserer Familie weitergegeben worden ist. Die Gabe selbst ist

ein Fluch. Man kann sie nicht beherrschen, man kann nur lernen, sich selbst zu beherrschen."
Der alte Mann sieht Will an.
„Habe auch ich eine solche Gabe?", fragt Will.
Der Großvater sieht Will lange an.
„Das, mein Junge, musst du selbst herausfinden", antwortet er schließlich.
Will wendet sich kurz ab und senkt den Kopf, dann sieht er seinen Großvater wieder an. Plötzlich kommen die Worte aus ihm wie von alleine.
„Was ist mit meiner Mutter passiert?", fragt er und hört sich selbst sprechen.
Auf einmal wird ihm ganz eng in der Brust und er kann fast nicht weiteratmen. Tief in seinem Inneren ist ihm klar, dass er die Antwort bereits kennt. Er sieht sie vor sich. Eine schlanke junge Frau mit langem dunklem Haar. Sie steht einem Mann gegenüber. Die beiden umkreisen einander, wie … wie wilde Tiere.
„Wenn zwei Menschen miteinander leben, gibt es immer wieder mal Unstimmigkeiten und auch Streit, oft geht es nur um Kleinigkeiten, und das passiert, auch wenn beide einander sehr mögen", hört Will seinen Großvater sagen. „Er war ein liebevoller Vater, er hat sich immer um euch gekümmert. Deine Mutter war geschickter darin, Geld zu verdienen. Deshalb war sie allein es, die in die Stadt zur Arbeit fuhr."
Will stöhnt auf. Die Erinnerungen brechen über ihn herein. Er sieht Lea, sie ist ganz klein. Sie kann noch nicht laufen.

Sie krabbelt. „Spielen wir verstecken?“, fragt Will sie. „Papa muss uns suchen.“ Sie kriechen unter das Bett ihrer Eltern. Er sieht eine Frau, ihre Haare sind klatschnass. Ihr Gesichtsausdruck verrät große Verzweiflung und Wut. „Was heißt, du hast sie nur kurz alleine gelassen?“, schreit sie. Sie ist außer sich und schüttelt den Mann. Will weiß, dass dieser Mann sein Vater ist, und die Frau seine Mutter. „Ich musste das Floß festbinden“, rechtfertigt sich Wills Vater. Es regnet in Strömen. Er ist vollkommen durchnässt. Die runden Gläser seiner Brille sind beschlagen. Das Gesicht der Frau verzerrt sich immer mehr, und dann hört Will sie schreien: „Dir ist dein verdammtes Floß wichtiger als deine Kinder!“, schleudert sie ihm ihre Worte ins Gesicht.
Will wird auf einmal so übel, dass er glaubt, sich übergeben zu müssen.
„Du erinnerst dich?“, weckt ihn die sanfte Stimme seines Großvaters aus den Erinnerungen.
Will merkt, dass er stoßweise atmet und keucht.
„Was … was ist passiert?“, stammelt er.
Der alte Mann wischt sich ein paar Tränen von der Wange.
„Du weißt es, nicht wahr?“, sagt er.
Will nickt. „Es war ein Unfall.“
Mühsam richtet sich Wills Großvater auf. Er gibt Will ein Zeichen, ihm zu folgen.
Sie gehen gemeinsam zurück zum Haus.
Blumen und Gräser bewachsen einen Hügel hinter dem Haus, und an einer bestimmten Stelle steckt ein einfaches Kreuz im Boden.

„Dein Vater hat sich die Schuld an ihrem Tod gegeben", sagt er. „Er wollte sich das Leben nehmen. Doch ich habe ihn daran gehindert. Ich konnte ihn jedoch nicht von seinem verzweifelten Versuch abbringen, dich und Lea vor ihm zu schützen. Er hatte Angst, auch euch etwas anzutun. Deshalb sorgte er dafür, dass ihr eine neue Familie bekommt." Der alte Mann schüttelt den Kopf. Dann schlägt er sich die Hände vors Gesicht.

Will holt ganz tief Luft, um wieder sprechen zu können.

„Wo ist er? Ist er im Gefängnis?", fragt er endlich.

Der Großvater sieht ihn an und nickt.

„In einem selbst gewählten Gefängnis", antwortet er.

Er zeigt mit dem Mundstück seiner Pfeife Richtung Wald.

„Du findest ihn dort, wenn die Nacht hereinbricht und der Mond über den Bäumen aufgeht."

Die Nacht der Eule

Das Knacken dürrer trockener Äste lässt Scarlet aufhorchen. Da sieht sie Will durchs Unterholz kommen.
„Ich habe ein Zelt aufgestellt", sagt sie und erschrickt. Will ist ganz blass, und seine Augen flackern unruhig.
„Ist alles in Ordnung mit dir?", fragt sie besorgt.
Will nickt und lächelt matt.
„Es geht schon wieder", sagt er dann. „Ist es sehr schlimm, wenn ich noch nicht schlafen gehe?"
„Überhaupt nicht", antwortet Scarlet, „wir können meinetwegen auch die ganze Nacht aufbleiben!" Dann bremst sie sich ein wenig ein und fügt hinzu: „Wenn du willst."
„Ich ... ich brauche etwas Zeit", sagt Will.
„Klar doch! Hast du denn etwas Neues erfahren?", erkundigt sie sich vorsichtig.
Will antwortet nicht.
„Setzen wir uns ans Wasser", schlägt er schließlich vor.
Scarlet willigt ein, und sie gehen hinunter zum See.
Lange sitzen sie am Ufer, ohne auch nur ein Wort zu wechseln.
Scarlet kommt es so vor, als hätte sie statt Worten nur Steine in der Hand und als wäre Will neben ihr zu Glas geworden.
Als Will schließlich aufsteht, ist es bereits stockdunkel. Er bedankt sich dafür, dass Scarlet die Zeit mit ihm verbracht hat.
„Wenn ich zurückkomme, werde ich dir alles erzählen", sagt er.

Zurück? Wohin gehst du?, will Scarlet ihn fragen. Aber sie schweigt und lässt ihn gehen. Sie sieht ihm nach, wie er zwischen den Bäumen verschwindet, bis er eins geworden ist mit der Dunkelheit.

Die Nacht hat den Wald verwandelt. Die Luft ist frisch und kühl. Will wartet, bis sich seine Augen an die Dunkelheit gewöhnt haben. Seine Schritte, zuerst langsam und tastend, werden immer sicherer. Er weiß nicht, wonach er Ausschau halten oder wohin genau er gehen muss.

Sein Großvater hat nur vage Andeutungen gemacht.

Der Mond kommt hinter den Wolken hervor und wandert über die Wipfel der Bäume wie ein stiller, heller Begleiter. Der Wald legt seine Schatten schützend über Will.

Während Will weiter und weiter geht, kommen immer neue Erinnerungen, auch glückliche.

Will sieht den Mann wieder, den er in seinen Träumen schon so oft gesehen hat. Er weiß jetzt, dass dieser Mann sein Vater ist. Sein Vater lacht wie in den Träumen, aber diesmal ist das Lachen nicht verrückt und gequält, sondern rein und frei. An seiner Hand hält er eine Frau, Wills Mutter. Hand in Hand laufen sie zu einer Lichtung und lassen sich auf eine große weiche Decke fallen. Auf der Decke wuseln zwei Kinder herum, Lea und Will. Alle vier machen sie sich über einen prall gefüllten Picknickkorb her. Will wird bei dieser Erinnerung ganz warm und leicht ums Herz.

Plötzlich wird der Mond von den Wolken verschluckt und der Wald ist augenblicklich tiefschwarz. Will bleibt stehen und starrt in die Finsternis.

Ob ich hier und jetzt meinem Vater begegnen werde?, fragt er sich.
Sein Herz klopft. Angst kriecht in ihm hoch.
Was soll ich ihm sagen, wenn er kommt?
Will wartet und lauscht in den Wald hinein. Etwas streicht flüchtig über ihn hinweg, er spürt einen feinen Luftzug und hört ein Rauschen.
Wie versteinert steht er da, lauschend, wartend.
Da schiebt sich der Mond langsam wieder hinter den Wolken hervor und sein bleiches Licht erhellt den Wald. Ein dunkler Schatten gleitet über den Boden. Will duckt sich instinktiv und schaut nach oben. Etwas Großes ist über ihn hinweggeflogen, ein Vogel. Der Vogel kommt zurück. Majestätisch schlagen seine Flügel im Gleichklang. Trotz seiner Größe gleitet er mühelos zwischen den Bäumen hindurch, ohne sie zu berühren. Er kommt direkt auf Will zu.
Will hält den Atem an. Der Vogel landet nur wenige Meter von ihm entfernt auf den Resten eines morschen Baumes.
Eine Eule, beruhigt sich Will, es ist nur eine Eule! Doch die Aufregung schnürt ihm die Kehle zu. In seinen Träumen hat sich sein Vater immer wieder in eine Eule verwandelt.
Ist es denn möglich, dass dieser Vogel, der jetzt vor ihm hockt, sein Vater ist?
Der Vogel scheint keine Scheu vor ihm zu haben. Seine wachen runden Augen richten sich auf ihn. Will ist hin- und hergerissen zwischen seiner Angst und einer fast magischen Faszination. Er will davonlaufen, kann sich aber nicht von der Stelle rühren. Er steht da und starrt die Eule

an. Ihre Blicke treffen sich. Will ist tief berührt. Sie sieht ihm in die Augen und es ist so, als würden ihre Augen zu ihm sprechen.
„Hab keine Angst, bitte lauf nicht weg, ich will dir nichts Böses, bleib da“, flehen sie ihn an.
„Wer bist du?“, hört sich Will flüstern, obwohl er es tief in seinem Inneren längst weiß.
Der Vogel legt seinen Kopf schief.
Ist es das, was du getan hast? Hast du dich in eine Eule verwandelt?, will Will ihn fragen. Er weiß, dass ihm der Vogel nicht antworten wird. Sein Blick ruht jedoch weiter auf Will, er lässt ihn nicht los. Seine Augen legen Worte in Wills Herz, die sagen wollen: „Verzeih mir.“
Will empfindet fast schmerzlich, wie leid seinem Vater alles tut. Er würde ihm so gerne antworten. Stattdessen steht er da, unfähig, sich zu rühren, unfähig, die Traurigkeit zu verscheuchen, die ihn packt und die Tränen in die Augen treibt, so dass die Konturen der Eule vor seinen Augen verschwimmen.
Verdammt, wie sehr hätten Lea und ich dich gebraucht! Was immer du auch getan hast, du hättest uns nicht weggeben dürfen!, möchte Will sagen.
Stattdessen wendet er sich abrupt ab und rennt davon.
Er wünscht sich nur noch, dass die Entfernung zwischen ihm und diesem Vogel so groß wie möglich wird.

Der freie Fall

Jemand hat den Reißverschluss des Zeltes leise geöffnet. Das Geräusch hat Scarlet geweckt. Verschlafen setzt sie sich auf und kriecht aus ihrem Schlafsack. Vor dem Zelt steht Will. Scarlet krabbelt hinaus, geht auf ihn zu und nimmt ihn wortlos in die Arme. Sie drückt ihn an sich und spürt, wie sich sein Köper schüttelt, spürt, wie heiß seine Tränen sind.
„Schon gut, ist schon gut“, murmelt sie in sein Ohr.
„Verdammt, was bin ich doch für eine Heulsuse!“
Will lacht rau auf.
Es dauert lange, bis er sich wieder gefasst hat.
„Es ist … es ist alles so irre“, sagt er schließlich.
„Was? Was ist irre?“, fragt Scarlet.
Will sieht sie an. Ihre Augen spiegeln das Licht des Mondes. Er überlegt kurz, dann bittet er sie, ihm zu folgen.
Sie tasten sich durchs Unterholz bis zum Wasser. Am Ufer steht eine alte Buche, deren Äste weit über das Wasser ragen.
„Klettern wir hinauf“, schlägt Will vor.
„Einverstanden“, sagt Scarlet.
Während er den Baum hinaufklettert, wird Will bewusst, wie vertraut ihm jede Astgabel ist, jeder Griff seiner Hände, und er weiß, dass er nicht zum ersten Mal hier oben ist.
Sie setzen sich nebeneinander auf einen breiten Ast, auf einem schmaleren darunter finden ihre Füße Halt.
Die Nacht ist jetzt sehr still. Der Mond verschwimmt unter ihnen auf der Oberfläche des Sees. Vereinzelt quaken Frösche.

„Es ist alles so irre“, wiederholt Will. „Und … du wirst mir bestimmt kein Wort glauben.“
Ihre Blicke begegnen einander. Will hält Scarlets Blick diesmal stand und liest darin die Aufforderung, weiterzusprechen.
„Mein Vater besitzt ein Gabe“, erzählt Will. „Es ist ein Fluch. Menschen, denen er den Tod wünscht, die sterben.“
Scarlets Pupillen weiten sich. Atemlos wartet sie darauf, dass er weiterspricht.
Will fährt sich mit den Fingern durchs Haar.
„Ich glaube, er ist schuld am Tod meiner Mutter“, sagt er dann, wendet sich ab und starrt auf den dunklen See.
Da spürt er plötzlich Scarlets Hand auf seiner Schulter.
„Ich habe auch eine Gabe“, sagt sie.
„Eine Gabe? Was für eine Gabe?“, fragt er völlig überrascht.
„Außergewöhnliche Fähigkeiten“, sagt sie. „Ich … also, ich beherrsche Magie.“
„Wow!“, sagt Will. Mehr nicht. Er ist sprachlos.
Scarlet schluckt.
„Ich will dir darüber gern mehr erzählen. Aber zuerst musst du etwas wissen. Etwas, das ich dir schon lange sagen will. Aber ich musste warten. Jetzt ist es so weit. Es gibt einen Mann“, beginnt Scarlet zu erzählen. „Du hast ihn auf den Fotos gesehen. Er heißt Nicolas Sterling. Er glaubt, dass du ihn töten wirst.“
Will fasst sich erschrocken an die Brust.
„Aber nie und nimmer werde ich jemanden töten!“, ruft er aus. „Wer sagt denn so etwas? Wie kann er das glauben?“

„Es wurde ihm prophezeit.“
Will starrt Scarlet fassungslos an. Er schüttelt den Kopf.
„Du wirst es nicht tun“, sagt Scarlet beruhigend.
Doch gleichzeitig wühlt etwas in ihr, das sie am liebsten ignorieren möchte.
„Mein Vater ist ein Fluchmagier. Er kann mit Worten töten … Ich glaube, ich …“
„Du glaubst, dass auch du diese Gabe besitzt?“, vollendet Scarlet seinen Satz.
Will nickt.
„Ich habe nicht viele Erinnerungen an meine Kindheit“, erzählt Scarlet weiter und versucht, aufmunternd zu klingen. „Aber etwas ist mir besonders im Gedächtnis geblieben. Meine Mutter weckte mich einmal mitten in der Nacht. Ich musste mich anziehen, und wir verließen das Haus. Wir kletterten über den Zaun des städtischen Schwimmbades. Es war Sommer. Die Luft war lau. Sie zeigte auf den Sprungturm und sagte zu mir: ‚Wir klettern jetzt den Turm hoch.‘ Es war so eine mondhelle Nacht wie heute. Oben auf dem Turm war eine kleine Plattform, auf der standen wir dann. Das Wasser tief unter uns war nicht mehr zu erkennen. Ich klammerte mich am Geländer fest und dachte, alles würde schwanken. ‚Wenn du springst‘, hat meine Mutter gesagt, ‚wirst du für einen Moment Angst haben zu sterben. In diesem Moment musst du loslassen, einfach alles loslassen, und dann wirst du dich frei fühlen, vogelfrei.‘“
„Und bist du gesprungen?“, fragt Will gespannt.

„Ja. Ich habe die Angst losgelassen, und ich habe mich frei gefühlt. Es war genau so, wie meine Mutter es gesagt hat."
Will sieht ihr in die Augen. Sie nickt, obwohl er gar nichts gesagt hat.
Sie ziehen sich an dem Ast über ihnen hoch und richten sich auf. Unter ihnen plätschern leise die Wellen. Über ihnen rauscht der Wind.
Sie stoßen sich fast gleichzeitig von dem Ast ab. Für einen Augenblick schweben sie in der Luft. Der runde, leuchtende Mond zerspringt in winzige Teile. Das Wasser spritzt. Sie tauchen ein und sinken tief in den dunklen See hinab.
Der tote Punkt, denkt Will, das Ende. Er spürt, wie er wieder nach oben treibt. Er erreicht die Wasseroberfläche, taucht auf, holt Luft und spuckt Wasser.
Scarlet ist direkt neben ihm. Sie lacht. Will lacht auch, und für einen Moment fühlt er sich vollkommen befreit. Er möchte auf Scarlet zuschwimmen, ihr Gesicht in seine Hände nehmen und seinen Mund auf ihre Lippen legen.
Doch Scarlet schwimmt schon zurück ans Ufer.
„Wir müssen die nassen Sachen ausziehen", sagt sie, als er aus dem Wasser steigt. „Ich kann dir etwas von mir borgen."
„Hast du das alles vorher geplant?", fragt Will.
Scarlet sieht ihn an und schüttelt den Kopf.
Kurze Zeit später liegen sie beide mit klappernden Zähnen in ihren Schlafsäcken.
„Danke", flüstert Will.
„Wofür?", will Scarlet wissen.

„Für alles. Dafür, dass du da bist und mir das Gefühl gibst, dass du mich verstehst."

„Aber ja", sagt sie.

Scarlet schließt ihre Augen und sinkt sofort in den Schlaf. Im Traum geht sie durch den Wald. Sie erreicht eine Lichtung. Im Licht des Mondes sieht sie Will. Er steht im hohen Gras und zeigt auf einen Mann. Es ist Nicolas Sterling. Er hat seine Hände erhoben, er ringt nach Worten, er bettelt um sein Leben. Wills Lippen sind ganz schmal und nur einen Spalt geöffnet. In seinem Gesicht steht Entschlossenheit. Bevor Scarlet sieht, wie sich seine Lippen bewegen, weiß sie es. Will Turner wird Nicolas Sterling töten.

„Neeeeeeeiiiiiiiiin!", schreit sie verzweifelt.

Da wird sie sanft von jemandem geschüttelt.

Scarlet wacht auf und sieht sich verwirrt um.

„Du hast geträumt", sagt Will leise.

Sie sitzt aufrecht in ihrem Schlafsack, stöhnt und lässt sich langsam wieder zurücksinken.

Will streicht mit seiner Hand über ihr Haar. Draußen dämmert es bereits. Scarlet fasst nach Wills Hand, drückt sie fest und verkriecht sich dann in ihrem Schlafsack. Ein paar Minuten später ist sie wieder eingeschlafen.

Will findet in dieser Nacht keinen Schlaf. Er muss immerzu an seinen Vater und an seine Mutter denken und an die Zeit, als sie noch alle vier zusammen waren.

Mehr und mehr Erinnerungen werden wach, sie dringen langsam in sein Bewusstsein. Schöne Erinnerungen, die die Kraft haben, ihn zu trösten und seine Wut zu mildern.

Die Heimfahrt

George ist sichtlich erleichtert, als er Will und Scarlet aus dem Unterholz kriechen sieht.
„Ihr seht nicht so aus, als ob ihr viel Schlaf bekommen hättet", bemerkt er schmunzelnd.
„Meggie hat mir etwas für euch mitgegeben. Und zu Hause gibt es dann ein gutes Frühstück."
Er drückt ihnen ein Lunchpaket in die Hand.
Während sie im Auto sitzen und essen, ist es still.
Scarlet überlegt, wie es weitergehen soll.
Will hofft, dass Lea den Brief gefunden hat. Er fragt sich, wie er seiner Schwester erzählen soll, was passiert ist, und ob er es ihr überhaupt erzählen soll. Er möchte am liebsten sofort nach Hause.
Scarlet versteht das, und George setzt Will vor seinem Wohnhaus ab.
Scarlet steigt aus, um sich von Will zu verabschieden. Sie umarmen einander innig. Was sie in dieser Nacht erlebt haben, wird sie verbinden, für immer.
Während sie weiterfahren, fasst Scarlet den Entschluss, mit Barns zu sprechen. Er kann feststellen, ob Will die besonderen Fähigkeiten seines Vaters ebenfalls hat. Wenn das der Fall sein sollte, wird Barns Will in die Welt der Magier und Magierinnen einweihen, da ist sich Scarlet sicher. Und sie muss ein Treffen zwischen Nicolas Sterling und Will arrangieren. Ed Sterling muss wissen, dass er von Will nichts zu befürchten hat. Barns könnte bei diesem Treffen dabei sein.

„Aussteigen!“, hört sie da George sagen.
Scarlet hat gar nicht mitbekommen, dass sie längst zu Hause angekommen sind.
Robin kommt auf sie zugelaufen und begrüßt sie herzlich.
„Na, alle Geheimnisse gelüftet?“, fragt er sofort.
Scarlet gibt ihm sein Handy zurück und bedankt sich. „Es hat uns gute Dienste geleistet“, sagt sie, ohne auf seine Frage einzugehen.
Meggie schließt Scarlet in ihre Arme.
„Diese Selma hat angerufen“, sagt sie.
Scarlet ist sofort alarmiert.
„Lea ist verschwunden. Sie ist von der Schule nicht nach Hause gekommen.“
Scarlet hat das Gefühl, als würde ihr der Boden unter den Füßen weggezogen.
„Das darf doch nicht wahr sein!“, sagt sie.
Ihr wird für einen Moment schwarz vor den Augen. Dann läuft sie auf der Stelle los.
Scarlet rennt und schnappt nach Luft. Sie möchte stehen bleiben und durchatmen, doch sie zwingt sich, weiterzurennen. Sie hätte ein Taxi nehmen können, oder die Straßenbahn. Doch beim Laufen hat sie wenigstens den Eindruck, etwas zu tun.
„Lass mich nicht zu spät kommen“, fleht sie stumm.

Die Erfüllung

Selma steht vollkommen aufgelöst vor der offenen Wohnungstür. Will ist noch nicht einmal oben, als sie schon aufgebracht auf ihn einredet.
„Wo ist sie, Will? Hörst du? Deine Schwester! Sie ist nach der Schule nicht heimgekommen!"
Will hört zwar ihre Worte, doch er versteht sie nicht. Nur sehr langsam begreift er, was Selma ihm sagt.
„Lea", hallt es in seinem Kopf wider, „Lea ist nicht da. Es ist etwas passiert!" Die Verzweiflung packt ihn.
Er macht auf dem Absatz kehrt und rast die Treppe wieder hinunter. Er hört nicht mehr, was Selma hinter ihm herruft. Er kann nur noch eines denken: Lea, ihr darf nichts zugestoßen sein! Wer würde ihr etwas antun?
Die Antwort kommt wie von selbst.
Noch nie ist ihm sein Rad so bockig, so sperrig, so langsam vorgekommen. Seine Beine sind schwach. Er kämpft eisern dagegen an.
Es wird sich alles zu einem Ganzen fügen.
Es ist nur ein Gedanke, aber dieser Gedanke hat sich fest in seinem Hirn verankert. Er treibt ihn an.
Will hat keine Adresse. Er muss immer wieder anhalten, um nach dem Weg zu fragen. Doch zum Glück kennen die Leute hier das Bestattungsunternehmen und wissen, wo Nicolas Sterling wohnt.
Will glaubt zu wissen, was Sterling vorhat. Lea ist der Köder, Will ist die Beute. Die kann er haben.

Er radelt über den Kiesweg auf das Haus zu. Wer hier wohnt, ist reich, denkt er.
Das Tor am Zaun steht offen. Nicolas Sterling weiß, dass er kommt, da ist sich Will sicher. Auch wenn er einen Fluch aussprechen könnte, er würde es nicht tun.
Zwei Männer in Anzügen kommen aus dem Haus. Statt abzubremsen, fährt Will direkt auf sie zu. Sie stellen sich ihm in den Weg, packen ihn und zerren ihn vom Rad. Will wehrt sich mit aller Kraft, er tritt um sich.
„Wo ist Lea?“, ruft er verzweifelt. „Ich will zu meiner Schwester!“
Seine Stimme überschlägt sich, er bäumt sich auf und versucht, sich zu befreien. Die Männer sind stark, zu stark. Sie pflücken ihn einfach vom Boden, so dass seine Beine in der Luft strampeln und ihr Ziel verfehlen. Wills Blick schnellt nach oben. In einem der Fester erkennt er zwei Gesichter, die zu ihm heruntersehen. Ed und … Lea!
Will versucht verzweifelt, sich aus den Griffen der Männer zu lösen.
„Lasst mich los!“, schreit er.
Die Männer schleifen ihn über den Kiesweg ins Haus. Dort lassen sie ihn los. Er stürzt zu Boden, rappelt sich auf und rennt zum Treppenaufgang. Doch die Männer holen ihn mit einem Satz ein und halten ihn wieder fest.
„Sei vernünftig“, sagt der eine. „Deiner Schwester geht es gut. Es wird ihr nichts passieren.“
Sie schubsen ihn unsanft vor sich her einen Korridor entlang. Eine schmale Treppe führt sie hinunter in den Keller.

Will schlottern die Knie. Übelkeit steigt in ihm hoch.
Was haben die Männer mit ihm vor? Sie stoßen ihn in einen fensterlosen Raum mit Wänden aus Beton. Metallrohre ziehen sich an der Wand entlang.
„Ihr dürft mich hier nicht einsperren!", hört Will sich sagen.
„Das haben wir auch gar nicht vor", antwortet der eine Mann ihm ruhig. Die beiden betreten den Raum ebenfalls. Will bemerkt die kleinen Knöpfe hinter den Ohren der Männer. Minifunk-geräte. Sie warten auf Instruktionen, denkt Will. Er überlegt fieberhaft, wie er den beiden Männern entkommen kann.
Von draußen sind Schritte zu hören. Noch ein Mann erscheint in der Tür. Es ist Nicolas Sterling. Er ist ganz grau, seine Haut sieht aus wie Asche. Seine milchigen Augen fixieren Will. Sein Mund ist leicht geöffnet, etwas blitzt golden darin auf.
„Es tut mir leid", sagt er. Die Worte kommen zwar gefasst, doch seine Stimme zittert.
„Was tut Ihnen leid? Dass Sie meine Schwester entführt haben?", fragt Will voller Zorn.
Sterling nickt.
„Ich habe mir nicht anders zu helfen gewusst. Es war nicht möglich, an dich heranzukommen", sagt er.
„Ich habe Ihnen nichts getan. Und ich werde Ihnen auch nichts tun!", ruft Will aus.
„Bedauerlicherweise wurde mir etwas anderes vorhergesagt", sagt Sterling.
„Und das glauben Sie?", fragt Will.

Da sieht er plötzlich die Pistole in Sterlings Hand.
Sterling, der ihn nicht aus den Augen lässt, bemerkt Wills Blick.
„Ich habe auch nicht vor, dir etwas anzutun“, versucht er Will zu beruhigen. „Und um deine Frage zu beantworten, ich glaube nicht an Prophezeiungen, doch ich möchte alles tun, um mir auch sicher zu sein. Du musst verstehen, ich habe mir das alles hier mühevoll aufgebaut. Glaub mir, mein Leben war alles andere als leicht. Ich habe schlimme Zeiten erlebt, auf vieles verzichtet und schwer geschuftet. Jetzt ist die Zeit der Ernte da, und ich will das, was ich erarbeitet habe, genießen. Ich habe noch lange nicht vor abzutreten, und ich habe schon ganz andere Probleme bewältigt. Ich lasse mir von nichts und niemandem Angst einjagen. Schon gar nicht von so einem Jungen wie dir. Ich finde Mittel und Wege, um Probleme aus der Welt zu schaffen.“
Will will etwas sagen, doch Nicolas Sterling lässt ihn nicht zu Wort kommen.
„Du bist erst dran, wenn ich fertig bin! Ich habe diesen Magier, diesen Barns informiert, und der hat mir versprochen, sich um dich und mein Problem mit dir zu kümmern. Er wird gleich hier sein. Ich habe …“
Ein ohrenbetäubender Knall lässt sie alle zusammenzucken. Ein Schuss hat sich aus der Pistole gelöst. Sterlings Hand ist durch den Rückstoß nach oben geschnellt. Will hat die Kugel gespürt, sie ist an seinem Ohr vorbeigezischt. Auf einmal pfeift und zischt es, aus einem der Rohre entweicht Dampf. Im Raum bricht das Chaos aus.

Nicolas Sterling liegt am Boden. Ein roter Fleck auf seinem Hemd wird in Sekundenschnelle größer. Einer der Männer stürzt aus dem Raum, um Hilfe zu holen. Der andere beugt sich über Sterling. Er reißt das Hemd auf und drückt seine Hand auf die blutende Wunde.

Will steht wie versteinert da.

Die Kugel, die sich aus dem Revolver gelöst hat, ist an einem der Rohre abgeprallt, hat ihre Laufbahn geändert, ist durch den Raum geschnellt und hat schließlich ihr Ziel gefunden. Nicolas Sterling hat sich selbst getroffen.

Die Prophezeiung hat sich erfüllt.

Ein großer Mann quetscht sich an Will vorbei in den Raum. Will erkennt ihn sofort. Es ist Koi, Nicolas Sterlings Chauffeur. Er drängt den anderen, der Sterlings Blutung zu stoppen versucht, an die Seite.

„Nicolas, Nicolas!“, hört Will den Chauffeur schluchzen. Dann hebt Koi den Kopf und starrt Will voller Hass an.

„Der Junge ist unschuldig!“, beeilt sich der andere Mann zu sagen und hält Koi zurück.

Immer mehr Menschen kommen. Irgendwann ist auch Ed dabei. Ed geht auf Will zu.

„Ich habe nichts getan“, beteuert Will. „Wo ist meine Schwester? Wo ist Lea?“

Ed starrt auf den Mann, der in einer Blutlache am Boden liegt.

„In meinem Zimmer“, antwortet er mit brüchiger Stimme.

Will stürmt sofort los, an den Männern vorbei und hinaus. Er rennt die Treppe nach oben, den Korridor entlang und

noch ein Stockwerk höher. Oben angekommen, öffnet er eine Tür nach der anderen.
Und da, endlich, endlich hat er sie gefunden!
Lea sitzt am Boden und hält ein Mikrofon in der Hand.
„Wir können was singen“, schlägt sie vor, als sie ihn sieht.
Will ist unfassbar erleichtert und vollkommen außer Atem.
„Wir … wir müssen nach Hause“, stammelt er und reicht Lea seine Hand, um ihr aufzuhelfen.
„Wo ist Ed?“, will Lea wissen.
„Bei seinem Onkel“, antwortet Will knapp.
Niemand bemerkt, dass die beiden das Haus verlassen.
Draußen setzt Will Lea auf den Gepäckträger seines Rades und schiebt sie den Kiesweg entlang zum Tor hinaus.

Als Scarlet eine knappe Viertelstunde später Sterlings Haus erreicht, stehen mehrere Polizeiwagen und die Rettung in der Einfahrt. Menschen drängen heraus. Reporter versuchen, näher an das Geschehen heranzukommen. Scarlet wird ganz übel. Ihre Knie werden weich. Sie ahnt, was passiert ist.
Da löst sich Barns aus der Menge und kommt auf sie zu.
Scarlets zerreißt es fast das Herz. „Ich weiß, was passiert ist!“, sagt sie mit erstickter Stimme.
„Will Turner ist es nicht gewesen“, sagt Barns.
„Nicht gewesen?“
„Nein. Es war ein Unfall!“, beeilt sich Barns zu erklären.
Es war ein Unfall.
Diese Worte erreichen Scarlet unglaublich langsam, aber

sie erreichen sie. Der Knoten in ihrer Brust beginnt sich zu lösen. Sie kann wieder Luft holen.
„Will war möglicherweise der Auslöser, aber mehr jedenfalls nicht", berichtet Barns.
„Was ist mit Sterling? Ist er tot?", fragt Scarlet, noch immer atemlos.
Barns nickt. „Ein tragisches Schicksal", sagt er.
Scarlet schluckt, und der Kloß in ihrem Hals ist wieder da.
„Wir werden uns um Will kümmern", verspricht Barns. „Schließlich ist er einer von uns. Ich kenne einen Fluchmagier, der seine Fähigkeiten als Dienstleistung verkauft und ganz gut davon leben kann."
Er grinst, und seine Zähne blinken.
Scarlet wendet sich von ihm ab. Nie und nimmer wird Will seine Fähigkeiten an jemanden verkaufen, da ist sie sich sicher. Sie hat jetzt nur noch das Bedürfnis, Will zu sehen, ihn zu halten.

Schneebäreneltern

Selma ist viel zu erleichtert, um mit ihnen zu schimpfen. Sie bückt sich zu Lea hinunter, nimmt sie auf den Arm und drückt sie an sich. Will ist überrascht zu sehen, wie liebevoll sie zu seiner Schwester sein kann.

Marc kommt aus der Küche. Er legt seine Hand auf Wills Schulter. „Ich hab' Selma gleich gesagt, sie soll lieber ein Bierchen trinken als sich unnötig aufregen."

Dann fasst er Will unters Kinn und zwingt ihn zum Blickkontakt. „Wenn es euch bei uns nicht gefällt und ihr abhauen wollt, dann sag mir das, Kleiner. Ihr könnt jederzeit zu einer anderen Pflegefamilie wechseln."

„Nein", beteuert Will, „nein, das wollen wir nicht."

„Gut, dann wäre das auch geklärt", sagt Marc. Mehr gibt es für ihn nicht zu besprechen.

Lea rennt gleich in ihr Zimmer.

„Der Schneebär ist wieder da!", hört Will sie erfreut rufen. Er folgt ihr nach oben. Auf dem Tisch liegt der Brief. Lea hat ihn schon entdeckt und nimmt ihn vorsichtig hoch.

„Hast du mir geschrieben?", fragt sie und sieht ihren Bären an. Dann reicht sie Will das Blatt Papier. „Kannst du mir vorlesen, was er geschrieben hat?", bittet sie ihn.

Sie setzen sich zusammen aufs Bett.

„Lea, meine liebe Schneebärenprinzessin", beginnt Will vorzulesen. „Ich habe meine Eltern wiedergefunden. Du kannst dir ihre Freude und Überraschung gar nicht vorstellen. Sie leben in einem Wald am See. Ich hatte das alles vergessen.

Ich hatte sogar vergessen, wie meine Eltern aussehen. Doch jetzt weiß ich es wieder. Du wirst dich wundern. Sie sind klein, kaum größer als Mäuse. Alle Bären in diesem Wald sind klein, es sind Zwergbären. Ich muss höllisch aufpassen, um mich nicht auf einen von ihnen zu setzen."
Lea lacht und drückt ihren Bären an sich.
„Meine Eltern haben mir viele Geschichten erzählt aus der Zeit, als ich noch ein Kind war. Stell dir vor, ich habe sämtliche Möbel demoliert, und mein Lehrer ging mir gerade bis zum Bauchnabel", liest Will weiter. „Ich werde all diese Geschichten mit nach Hause bringen und sie dir erzählen, damit du etwas zum Lachen hast und gut einschlafen kannst. Ich freue mich schon auf dich! Dein Schneebär", endet er.
„Meine richtige Mama und mein richtiger Papa sind verunglückt", erzählt Lea ihrem Bären. „Ich würde dir auch gerne Geschichten erzählen", fügt sie hinzu.
Wills Magen krampft sich zusammen. Er weiß, dass er mit Lea das Haus am See im Wald besuchen möchte. Sie soll ihren Großvater kennenlernen, und eines Tages auch ihren Vater. Und sie soll wissen, wo ihre Mutter begraben liegt.
Will holt tief Luft. „Ich muss noch einmal kurz weg", sagt er dann zu seiner Schwester.
Er schwingt sich auf sein Rad und nimmt sofort Tempo auf. Alles hinter sich lassen, immer weiter geradeaus durch die Allee, es geht bergab, die Luft ist frisch, der Horizont wird weiter.
„Okay! Es ist alles okay!", ruft er laut dem Wind entgegen und lacht und weint zugleich.

Der Sprungturm

George hat Robin und Scarlet wie üblich wieder zur Schule gebracht. Scarlet hofft, Will zu treffen. Aus der Garderobe kommt ihnen Helen Parker entgegen. Einige Mädchen und Jungen umringen sie sofort wie ein Schwarm Möwen. Unvermittelt verstummt das aufgeregte Gezeter, und sie scheinen sich auf einmal wie in Zeitlupe zu bewegen. Alle starren in dieselbe Richtung, und zwei der Mädchen legen gespielt theatralisch ihre Hand aufs Herz.

Scarlet dreht sich um. Sie hat das Knistern kaum wahrgenommen. Roy, Simon und Jonathan kommen direkt auf sie zu.

„Hi“, begrüßt sie Roy, als wären sie alte Freunde. „Wir kommen in Frieden. Gibt es hier ein Plätzchen, wo man ungestört reden kann?“

„Die Bibliothek?“, schlägt Scarlet verschmitzt lächelnd vor.

Robin stupst Scarlet an und verabschiedet sich von ihr. Er sieht noch, wie sie mit den Jungen die Treppe hinaufgeht.

Scarlet hat Robin in alles eingeweiht und ihm die Ereignisse im Detail geschildert. Sie hat ihm von Barns und seinen Erinnerungen erzählt, aus denen sie nun weiß, dass er an Orten war, wo schreckliche Verbrechen geschehen sind. Verbrechen, die an Menschen mit magischen Fähigkeiten verübt wurden. Sie hat ihm auch erzählt, dass Barns für sein Team junge Magierinnen und Magier mit hellen Köpfen sucht und mit der Bereitschaft, querzudenken und ausgetretene Pfade in Hirn und Herz zu verlassen.

Robin weiß jetzt schon, dass sich Scarlet für Barns' Team entscheiden wird. Wie gerne wäre er auch dabei!
Bevor Robin seinen Klassenraum betritt, sieht er, dass ein Mann auf ihn zukommt. Der Mann trägt einen hohen, schwarzen Hut mit weiter Krempe. Sein blasses Gesicht ist von langem schwarzem Haar umrahmt. Über die Wange zieht sich eine Narbe. Er strahlt etwas Unheimliches aus. Robin fragt sich, was er wohl in der Schule zu suchen haben mag.
„Ich suche einen Jungen namens Will. Will Hoak. Oder Will Turner, wie er jetzt heißt", sagt der Mann in dem Moment und beantwortet damit Robins unausgesprochene Frage. „Ich bin sein Onkel."
Robin antwortet bedauernd, er habe Will heute noch nicht gesehen und er wisse auch nicht, ob und wann er zur Schule komme.
Der Mann wendet sich ohne ein weiteres Wort von Robin ab. Im nächsten Moment ist er verschwunden, als hätte er sich in Nichts aufgelöst.
Ein eisiger Luftzug weht durch den Korridor.

Erst nachmittags auf dem Heimweg trifft Scarlet Will, der nicht zur Schule gekommen ist, zufällig im Park. Er hockt an dem Teich und starrt ins Wasser.
Scarlet lässt sich neben ihm ins Gras fallen.
„Wie geht es dir?", fragt sie.
„Ich stehe auf einem Sprungturm und überlege, ob ich springen soll", antwortet Will, sieht sie an und strahlt auf

einmal übers ganze Gesicht. „Ach, nein“, sagt er dann und wird wieder ernst. „Ich mache mir wirklich große Sorgen. Wenn ich die Fähigkeiten meines Vaters geerbt habe, dann bin ich gefährlich. Lebensgefährlich.“
„Das bin ich auch“, erwidert Scarlet, „du weißt es nur noch nicht. Es gibt nicht viele Menschen, mit denen ich darüber reden kann. Aber ich freue mich sehr, dass du einer von ihnen bist. Wenn du willst, helfe ich dir herauszufinden, wer und was du wirklich bist.“
„Das heißt, wir springen gemeinsam?“
„Na klar doch!“

Stefan Karch

lebt mit seiner Frau und seinen drei Töchtern
auf einem 250 Jahre alten Bauernhof in Stubenberg am See.
Er arbeitet als Autor, Illustrator und Puppenspieler.
Mit seinen selbst hergestellten Puppen macht er
seine Bücher als Theater der Fantasie lebendig.

www.stefankarch.com

Das Mädchen Scarlet ist die Ziehtochter eines gefürchteten Magiers.
Was er nicht weiß: Scarlet versucht heimlich, selbst eine mächtige Magierin zu werden.
Dabei wird sie von ihrem mutigen Kater Robin unterstützt.
Und sie bedient sich auch noch der Macht sehr gefährlicher Bücher ...

Stefan Karch
Robin und Scarlet – Die Bücher der Magier
ISBN 978-3-7074-1142-3

Marie sieht aus, als wäre sie aus einem Teich gefischt worden – durchsichtig und blass, und ihr Gesicht scheint nur aus Augen zu bestehen. Welches gefährliche magische Geheimnis umgibt dieses Mädchen?
Was ist in Scorpiohof, der berühmten Magierschule, vorgefallen?
Scarlet will es herausfinden und Marie helfen.
Doch da wird Robin, ihr treuer Kater, von einem der Magier entdeckt ...

Stefan Karch
Robin und Scarlet – Die Stimmen der Geister
ISBN 978-3-7074-1239-0

Für atemberaubende Spannung ist gesorgt, wenn Robin und Scarlet Seite an Seite ihr drittes magisches Abenteuer erleben!
Sie werden in einen dramatischen Kampf zwischen Gut und Böse verwickelt.
Wo stehen sie?
Und wer wird siegen?

Stefan Karch
Robin und Scarlet – Die Vögel der Nacht
ISBN 978-3-7074-1345-8